A PERFEITA ORDEM DAS COISAS

DAVID GILMOUR

A perfeita ordem das coisas

Romance

Tradução
Cecília Prada

Título original: The Perfect Order of Things

1ª edição — Maio de 2014

Grafia atualizada segundo o Acordo Ortográfico da Língua Portuguesa de 1990,
que entrou em vigor no Brasil em 2009

Editor e Publisher
Luiz Fernando Emediato

Diretora Editorial
Fernanda Emediato

Produtora Editorial e Gráfica
Priscila Hernandez

Assistente Editorial
Carla Anaya Del Matto

Auxiliar de Produção Editorial
Isabella Vieira

Projeto Gráfico e Diagramação
Ilustrarte Design e Produção Editorial

Preparação de Texto
Sandra Dolinsky

Revisão
Josias A. Andrade
Marcia Benjamim

DADOS INTERNACIONAIS DE CATALOGAÇÃO NA PUBLICAÇÃO (CIP)
(Câmara Brasileira do Livro, SP, Brasil)

Gilmour, David
A perfeita ordem das coisas / David Gilmour; tradução Cecília Prada. – 1. ed. – São Paulo: Jardim dos Livros, 2013.
Título original: The perfect order of things : a novel.
ISBN 978-85-63420-43-5
1. Romance canadense I. Título.

13-04928 CDD-813

Índices para catálogo sistemático:
1. Romances : Literatura canadense em inglês

EMEDIATO EDITORES LTDA.
Rua Major Quedinho, 111 – 20º andar
CEP: 01050-904 – São Paulo – SP

DEPARTAMENTO EDITORIAL E COMERCIAL
Rua Gomes Freire, 225 – Lapa
CEP: 05075-010 – São Paulo – SP
Telefax: (+ 55 11) 3256-4444
E-mail: jardimdoslivros@geracaoeditorial.com.br
www.geracaoeditorial.com.br

Impresso no Brasil
Printed in Brazil

Para Sam Hiyate,
agente dos agentes

Em nenhum lugar crescem tantas flores como em um cemitério.

MARCEL PROUST

I

O que mais eu não notei?

Há alguns anos eu me encontrava no sul da França. Era início do inverno e eu estava escrevendo um texto sobre viagens para uma daquelas revistas brilhantes que a gente lê no avião, quando está entalado no asfalto ou tentando terminar a conversa com um vizinho tagarela. No caminho de volta a Paris, e ao avião que me levaria para casa, meu trem parou em Toulouse. Em um impulso momentâneo joguei minha mala longe dos trilhos e pulei para fora. Guardei minhas coisas em um guarda-volumes e fui subindo a rua Bayard, passando pelo escritório da American Express aonde, quase quarenta anos atrás, eu ia diariamente, esperando uma carta de Raissa Shestatsky. Às vezes vinha, na maioria das vezes, não.

Vaguei pelas ruas estreitas, de tijolos vermelhos, até chegar ao Père Léon, o café aonde eu costumava ir para ler as cartas, ou, quando não havia carta alguma, para pensar em Raissa e ficar imaginando se jamais conseguiria fazer amor com ela novamente. Estava para entrar no café — por algum motivo absurdo, eu esperava que os mesmos garçons estivessem lá —, mas resolvi continuar a andar. Durante aqueles infelizes meses, há tantos anos, era como se eu estivesse amarrado a um trilho de trem em miniatura que corresse de meu apartamento da rua Victor Dequé até uma mesa perto da janela, no café Père Léon. Mas o que eu nunca vira antes era o que ficava do *outro lado* do café. Eu não tinha curiosidade alguma — como se fosse um carro restrito a uma única marcha, sentia somente a ausência de Raissa e de suas pernas esguias em minha cama.

Então, daquela vez resolvi ir mais longe. E ali, não mais que a uns cinquenta metros de distância corria, com a imponência dos acordes iniciais de uma sinfonia de Beethoven, um belo e largo rio de oitocentos metros de largura que se abria diante de mim. Juro que nunca antes eu o havia visto e nem mesmo suspeitado de que estivesse ali. Um barco de carga flutuava, sonhador, rio abaixo. Na outra margem, uma luzinha vermelha, trêmula, acendia e apagava.

Como eu pudera não notar aquela joia verde que parecia mais larga que o Mississippi? Eu havia vivido em Toulouse seis meses e não vira nada, a não ser o furioso papel de parede que havia dentro de minha cabeça: seus cenários drásticos, suas insistências pornográficas. Para o *que mais* eu estivera cego, de tão infeliz?

Foi assim que nos meses seguintes (uma coisa bem gradual, eu me lembro) decidi, quase como quem tem vontade de pagar um débito pessoal, um débito *para comigo mesmo,* voltar para outros lugares onde havia sofrido, mas dessa vez com os olhos bem abertos e, o que é mais importante, voltados para o mundo exterior. Voltar e ver, fosse o que fosse.

Mas, onde começar? Com algo velho ou com algo novo? Qual casa assombrada eu deveria visitar em primeiro lugar? Um internato, uma roda-gigante rodando na noite, um parque em Los Angeles, um escritório agitado em um festival de filmes, uma casa de campo caindo aos pedaços?

Por sorte, alguém decidiu por mim. Um dia, enquanto eu folheava jornais na casa de minha ex-mulher — M. estava preparando o jantar para mim e para nossa filha, que viera da universidade para passar o fim de semana —, topei com o retrato de uma mulher que tinha uma cara de peixe barracuda emergindo de uma limusine. Havia uma legenda abaixo da foto: CAPTADORA DE FUNDOS DO TEATRO DE ÓPERA ACUSADA DE APROPRIAÇÃO INDÉBITA. Havia algo de familiar naquele rosto, os malares exagerados, o cabelo liso puxado em um rabo de cavalo, mas não consegui me lembrar de quem era. Passei ao próximo item. Mas aquele rosto continuava a me chamar. "Apropriação indébita". Olhei de novo: era Clarissa

Bentley. Aparentemente, usando de novo os velhos truques. Por trás daqueles seios fartos batia o coração de uma mulher tão desagradável, que até os Bórgias teriam hesitado em convidá-la para almoçar.

Alguns dias depois, pensando ainda em Clarissa, resolvi dar uma volta por minha antiga escola do ensino médio. Passei por um par de portas pintadas de azul real e entrei no pátio interno — a cimeira da escola parecia estar incrustada no solo, como se fosse uma gigantesca moeda romana. Bem à minha frente estava um prédio de três andares, de tijolinhos aparentes. Eu fora um de seus infelizes alunos por um breve período de tempo, em 1966 — no ano em que os Beatles estiveram em Toronto. Digo breve porque depois de cinco semanas fugi de lá, em outubro. Deixem-me explicar de uma maneira mais simples: fugi porque uma menina subiu na roda-gigante comigo como minha namorada e quando desceu era namorada de outra pessoa. Foi a primeira traição romântica de minha vida.

Mas estou me antecipando. Preciso voltar àquele chalé de verão em Grassmere, quando eu tinha quinze anos. Manhãs molhadas de orvalho, lindas meninas em canoas, danças na cidade. E que sons! Nunca me esqueci dos sons daquele tempo. As pedras que quebravam debaixo dos pneus enquanto descíamos a rampa e os ramos das árvores que raspavam as laterais do carro da família. À noite podíamos ouvir tudo que acontecia do outro lado da água: as pessoas conversando em suas docas, uma porta de tela batendo. Um peixe pulando na água. Essas noites ainda me assombram com seus murmúrios de "Você está deixando de ver algo, você está deixando de ver algo".

Balançando a cabeça ao gratificante som que Ringo fazia com seu sininho de vacas em *I Call Your Name*, eu estava estirado na cama de minha mãe, na extremidade da casa, quando ouvi que ela me chamava da cozinha. Uma chamada telefônica. De longa distância, corra, corra.

Era uma garota que eu mal conhecia, Clarissa Bentley. O pai dela era um figurão da indústria cinematográfica.

— Acabo de romper com meu namorado — ela disse.

Mesmo naquela idade eu reconheci o momento em que uma lua nova poderia estar surgindo no céu. Olhando pela janela panorâmica para os campos de um amarelo Van Gogh que desciam para a floresta, eu disse:

— Que pena!

— Não, não é — disse ela inalando o ar com força.

— Você está fumando? — perguntei.

— Todo mundo fuma.

— Onde estão seus pais?

— Meu pai me deixa fumar em casa. Ele sabe o que aconteceria se não deixasse.

Fiquei pensando um momento. O lago brilhava como vidro quebrado por trás das árvores.

— Então, você vai descer para a cidade, ou o quê? — perguntou.

Minha mãe, com aquela saia de um vermelho vivo amarrada na cintura como se fosse uma cantora caribenha, estava fazendo um sanduíche de tomate na cozinha.

— Quem era? — perguntou.

Eu gostava de minha mãe. Gostava de ficar conversando com ela.

— Uma garota que eu mal conheço. Ela acabou de brigar com o namorado.

— Ah! — respondeu ela com o olhar deliberadamente fixo na tábua de cortar carne.

Meu pai estava doente naquele verão, e às vezes minha mãe acomodava as pernas longas em nosso Chevrolet e dirigia durante umas duas horas até o hospital de Toronto para vê-lo. O que significava que meu irmão mais velho, Dean, e eu podíamos ficar inteiramente sozinhos na casa no fim de semana. Ouvíamos música a toda, jogávamos com velhas bolas de golfe na ravina, atirávamos com os rifles de caça no montão de lixo, falávamos de garotas. Uma vez, até eu fui dar um passeio por uma solitária estradinha, no pequeno Morris azul de meu pai. Naquela noite, na noite em que minha mãe foi a Toronto, nós fomos ao baile do sábado à noite no Hidden Valley, de barco.

— Não esqueça — disse Dean —, se eu der um sinal, trate de descobrir outro jeito de voltar para casa.

Mas a garota não apareceu, ou apareceu com outro rapaz, e ele não me deu nenhum sinal naquela noite. Nós dois voltamos para casa à luz das estrelas, com o lago parado e morno como uma sopa. Atracamos na doca, cortamos o caminho pela floresta tenebrosa, saímos em um campo iluminado pelo luar e fomos caminhando pela grama molhada até nossa casa, que brilhava como se fosse uma joia no alto da colina.

Alguns minutos depois que chegamos, o telefone tocou. Eu estava no andar térreo, deitado no sofá, olhando para os buracos do teto. Dean estava no andar de cima ouvindo um jogo de beisebol no radinho marrom da sua cabeceira. Um som solitário.

Peguei o fone esperando ouvir a voz de minha mãe, mas quando ouvi outra voz, novamente minha cabeça se encheu com aquele sentimento, a sensação de uma lua brilhante surgindo no céu.

— O que você está fazendo? — perguntou Clarissa Bentley.

Sua voz estava tão nítida, que ela parecia estar no quarto ao lado.

— Estive num baile.

— Encontrou alguém?

— Não, não encontrei ninguém, verdade.

Então pensei: “não, essa era a coisa errada para se dizer”. Dava uma impressão toda errada. E aí, por um momento, revi os garotos no baile, um punhado deles encostados na grade, garotos do lugar; lembrei quando um deles se separou do bando, cruzou a sala e perguntou a uma garota da cidade se ela queria dançar, só para ter de refazer todo o penoso caminho de volta até o grupo de seus amigos. Rejeitado.

— Isso provavelmente não acontece nunca com você — disse Clarissa. — Você me parece um autêntico *playboy*.

A lua estava mais alta ainda.

Ela disse:

— Eu conheço uma garota que conhece você.

— É mesmo?

— Ela acha que você vai ficar muito bonito quando crescer.

Era um elogio meio estranho. Como se fosse uma navalha escondida em uma barra de doces. Primeiro a gente se sentia bem e depois ficava na dúvida. Percebendo isso, ou ouvindo o que acabara de dizer, Clarissa continuou:

— Gostei do jeito que você falou *verdade*. Fala bem.

Eu podia ouvir o barulho do jogo de beisebol. Alguém acabara de tocar a bola.

— Por que você não aparece por aqui? — disse Clarissa.

O ar vibrava em torno da voz do locutor do rádio. O som da vida acontecendo em algum outro lugar.

— Por aí?

— É.

— Quando?

— Esta noite — ela disse com a maior tranquilidade.

— Esta noite?

— Você pode pedir uma carona na estrada.

Ela estava fumando um cigarro.

— Podíamos dormir na cama dos meus pais.

Alguns minutos depois subi e fui andando pelo patamar escuro até o quarto de Dean. Eu me sentia mais velho agora, mais maduro que quinze minutos antes. Dean estava deitado em sua cama azul, com o braço atrás da cabeça. Na voz americana do locutor, no som fantasmagórico de milhares de pessoas por trás dela, quase podíamos ver o campo muito iluminado, os jogadores correndo em seus uniformes brancos.

— Era aquela garota? — perguntou Dean.

Virou a cabeça para mim. Parecia que havia comido chocolate de novo, porque sua pele estava cheia de espinhas.

Eu disse:

— Acho que vou ver se arranjo uma carona para Toronto.

Então, ele disse algo muito cruel aos meus ouvidos. Olhei para ele sem falar nada.

— Estou é cagando para isso — disse ele, como se estivéssemos falando daquilo durante semanas.

Mas ele não estava zangado por causa daquilo. Para mim, parecia impossível que Dean, sendo dois anos mais velho que eu, *pudesse* ser infeliz. Comecei a descer a escada. Podia ouvir que ele estava levantando da cama. Nos últimos dois degraus, pulei. Precipitei-me para a cozinha, corri pela sala até a porta da rua, com a porta de tela batendo atrás de mim, e comecei a descer a rampa. Cheguei até a primeira curva e dei uma olhada por cima do ombro. Dean estava em pé na porta, de cueca, e por trás dele a sala aparecia, toda iluminada. Então, mergulhei na escuridão, com as árvores sobre minha cabeça, as pedras sob meus pés, até chegar à estrada principal que levava para a cidade e para além dela.

Cheguei à casa de Clarissa no momento em que começava a clarear. Era um grande prédio de apartamentos na beira de Forest Hill. Um *hall* muito iluminado. Sofás de couro preto, quadros abstratos. Toquei a campainha. Um carro passou na rua. Toquei de novo. O botão da porta soou uma vez, depois duas.

— Clarissa — eu disse, dobrado sobre o interfone.

Ninguém respondeu. Tentei a porta — ela abriu. E então entrei.

Ela já havia feito aquilo antes, eu podia jurar. O jeito de ela tirar a roupa e pular na cama. Mas eu podia também perceber que ela estava fingindo um pouco. Começou a falar sobre o internato da Suíça, depois falou que uma vez jantara com Alfred Hitchcock. Depois, acendeu um cigarro e sentou em uma cadeira, totalmente nua, e contou que um astro de cinema estava apaixonado por ela, que ela o convidara para seu chalé em Novo México, mas que sua mãe descobrira e telefonara para ele, estragando tudo. Enquanto eu ouvia essas histórias tinha a impressão de estar sendo enganado, de que, talvez, *algo* parecido com isso houvesse acontecido, só que de uma forma menor, menos espetacular. Mas é claro que isso é válido para quase tudo que ouvimos sobre a vida dos outros. É sempre menor, sempre mais solitário do que se imagina.

Fiquei esperando que ela falasse de seu ex-namorado, mas suspeitei que seria tudo mentira também, fosse lá o que fosse que ela contasse. Uma mentira especial, distorcida de um modo especial. Todas as suas mentiras tinham o mesmo viés, distanciavam-se dela e recaíam sobre outras pessoas.

Eu teria gostado que ela vestisse alguma coisa.

Eu conhecia o ex-namorado dela. Bill Cardelle era um rapaz festeiro, com um toque de vermelhidão em cada bochecha, como se a vida ou a natureza lhe houvesse dado uma dose extra de vitalidade. Era um rapaz como eu nunca seria, um desses rapazes que costumamos ver pelos corredores das escolas, que nos deixam pensando: "eu ficaria tão feliz se me parecesse com ele". Mas meu cabelo era crespo demais para resultar em um corte adequado, do tipo dos Beatles, e minhas jaquetas sempre ficavam subindo nas costas ("Não fique curvado, querido!") e eu não podia dançar como Bill Cardelle. Nas festas, até os rapazes ficavam olhando-o dançar, não diretamente, mas dando umas olhadas furtivas entremeadas de sorvos de refrigerantes pelos canudinhos. Ele parecia perfeito vestindo calça branca e camisa Oxford, e usando sapatos cor de sangue de boi. Exceto por uma coisa: não era brilhante. Eu o adorava por ser tão bonito, mas ele me admirava porque eu era mais inteligente que ele. E durante certo tempo ensinei latim a ele, e éramos amigos.

Dei um telefonema interurbano para Dean, em Grassmere, na manhã do dia seguinte, e notei em sua voz um tom ligeiramente diferente. Levei muitos meses para perceber que tom era aquele — quase uma aprovação involuntária, que se tornaria o início de um problema novo, totalmente diferente, entre nós. Ele estava comendo uma maçã, parecia muito à vontade, mas o que meu ouvido percebeu, e o que me importava, era que eu podia sentir que estava *tentando* ser natural.

— Então, vocês ficaram acordados até tarde mesmo? — o que era sua maneira de perguntar se eu havia fodido com ela. E quando eu disse "sim, até bem tarde", e senti uma onda de prazer (vaidade), pude sentir também que o que ele esperava era que eu não desse uma resposta como aquela.

— Então, quando volta para casa? — perguntou.

E nisso também as coisas estavam diferentes. Porque normalmente ele teria só me dado uma ordem, me mandaria voltar imediatamente.

Respondi que certamente voltaria antes de mamãe.

— Vamos torcer para você não dar com ela bem aí — e pela primeira vez senti que estávamos falando como iguais.

Eu disse:

— Sim, isso seria incrível.

Caímos ambos na risada e rimos mais do que a piada requeria. Então ele disse:

— Não vai me foder com isso, não é?

E eu disse:

— Você é um cara legal, Kiv.

Esse era o apelido dele. Só minha mãe e eu o chamávamos assim, e só quando ele estava bem relaxado e permitia.

Desliguei o telefone e voltei para a sala. Clarissa estava parada perto da janela e lá embaixo podíamos ver a ravina, e do outro lado da ravina o bairro judeu, com suas grandes casas e pátios maravilhosos.

Ela disse:

— Vamos roubar alguma coisa.

Acho que mais ou menos uma semana depois fui para a cidade com minha mala marrom, para ficar na casa de meu tio Laddie. Ele era a ovelha negra da família, diariamente já estava bêbado lá pelo meio-dia. Havia dissipado sua inteligência, sua bela aparência morena, até mesmo sua carreira de jogador de hóquei (ouvi mais de uma vez dizerem, sempre em um tom envergonhado, que ele fora convidado para fazer uma experiência como goleiro do Toronto Maple Leafs). Mas sua falecida mulher, Ellen, era uma boa alma e morrera antes mesmo de chegar a desprezá-lo, deixando-lhe uma ótima, permanente, renda mensal — o suficiente para Laddie poder beber até morrer, sem que ninguém interviesse. E como acontece com muitos bêbados charmosos, logo achou uma mulher simples e decente para cuidar dele, e ela viu por trás de sua cara inchada e de seu mau humor o cavalheiro elegante e educado que ele fora um dia e que podia ainda ser, mesmo quando estava com uma ressaca da pesada. Um homem que podia citar Horácio com a cabeça enfiada na pia do banheiro.

Minha mãe, que era irmã de Laddie, sabia que eu estava indo para Toronto para ver uma garota, e aquela veia romântica que havia nela, a veia que a permitia ficar com meu pai apesar das suas infidelidades (ele fodeu a melhor amiga dela no sofá, em Grassmere, em uma manhã bem cedo, achando, incorretamente, que ela estava dormindo do outro lado da casa). Minha mãe, então, levou-me de carro até a rodoviária de Huntsville. Ela era uma mulher que simplesmente nunca conseguia dizer não para o amor, nem mesmo para seu filho de quinze anos.

Ainda não descrevi Clarissa. Vou deixar essa tarefa para vocês, exceto para dizer que com a maquiagem que usava nos olhos negros, o corte de cabelos à francesa, ela me causou um impacto na primeira vez que a vi na cozinha, naquela festa de Natal, como uma garota que não fazia parte de minha turma. E, que coisa mais estranha, em somente alguns dias ela deixou de ser uma garota inatingível para mim para se tornar uma garota que eu achava que me pertencia.

Sua beleza — e o "figurão" que era seu pai — lhe arranjaram um trabalho de modelo na Exhibition, uma feira gigantesca, à moda antiga, que se realizava na margem do lago Ontário. Nas noites quentes do verão, vibrando com a excitação da cidade, arrastado em seu turbilhão, eu ia sacolejando em um ônibus até o centro da cidade para vê-la. Vagando sob os grandes portões da Exhibition, no meio da multidão e dos empurrões, dos gritos, das corridas e dos jogos, eu sentia que estava sendo arrastado bem para o centro da vida. E que bem no centro estava Clarissa Bentley, um manequim humano que permanecia em pé, imóvel, em um pódio giratório, no edifício automotivo. Usando um vestido rosa ou um conjunto de *jeans* com um *top* verde-cana, ela era um objeto que devia ser examinado em detalhes — será que ia piscar, coçar-se, ou será que alguém conseguiria fazê-la sorrir? — por aquele desfile de humanidade, na maioria homens, que eventualmente arrastavam suas mulheres rechonchudas e seus rebentos entediados por entre os novos modelos de Chevrolets, Buicks e Cadillacs. É certamente uma delícia ter uma garota linda quando se é jovem, e naquele momento em que o pódio ia lentamente parando, quando os braços de Clarissa viviam novamente e um sorriso rompia seus traços pesadamente maquiados ("Johnnie, olhe só para aquilo!"), naquele momento em que cuidadosamente ela descia do patamar, um passo, depois outro, então mais outro, e vinha ao meu pensamento, *a mim*, naquele momento único eu me elevava completamente do que era e me transformava, tenho certeza, em algo novo. A vida que eu sempre merecera.

O verão avançava. Tenho uma foto daquele tempo, uma foto colorida feita em um *box*, eu com uma jaqueta de cor clara e um chapéu de palha, e Clarissa de perfil. Coloquei essa foto em uma dessas coisas de plástico que acende quando a levantamos até os olhos e pressionamos um botão. Eu a levava a todos os lugares, no bolso, como se fosse um passaporte.

Então, uma tarde, um rapaz da escola, Justin Strawbridge, levou-me até o Place Pigalle, uma taberna meio sinistra que havia em um porão, onde, disse, nós poderíamos "ser servidos" — porque a idade para se poder beber, naquele tempo, era vinte e um anos. Odiei o gosto do chope, tive um calafrio de desgosto. Mas gostei de ser "servido" e gostei de fazer coisas com Justin Strawbridge, e foi assim que bebi, e bebi, e bebi e aos poucos comecei a achar que eu era um cara muito interessante e ousado.

E depois que Justin foi embora (tinha de fazer algo para sua desagradável mãe), fiquei andando pelo bar meio escuro, falando com as pessoas, inclusive sentei a uma mesa apinhada, até me ver conversando com as costas de um estudante de engenharia. Mas não tomei nada disso pessoalmente. Deixei que o turbilhão das coisas me levasse de um lado para outro.

Quando saí, horas mais tarde, a noite estava linda, o céu de um azul luminoso e inexprimível, com uma fatia de lua pendurada sobre o lago. Tudo tão bonito, que eu não podia ir embora, e então fui caminhando até a Exhibition. A lua se elevou no céu, as estrelas saíram, a cidade estava envolta em uma bolha de densidade e significado. Passando pelos portões da Exhibition (pareciam um cânion sobre minha cabeça), deslizei pela doçura caramelizada do ar, das crianças e dos exuberantes jovens! Uma roda-gigante de duas fileiras girava na noite.

Clarissa me esperava do lado de fora do pavilhão dos automóveis. Ela estava conversando com outra modelo, uma garota que usava um suéter vermelho e que parecia ter olhos grandes demais para sua estrutura ossuda. E parecia a mim que essa garota falava comigo de uma forma um tanto arrogante, como se houvesse passado de não me conhecer a não gostar de mim em cerca de quarenta e cinco segundos.

Dessa vez não fui tão tolerante com ela como fora com o estudante de engenharia, e devo ter dito algo desagradável, porque ela se afastou sem se despedir de nós dois.

— Alguém esteve bebendo — disse Clarissa.

Começamos a abrir caminho pelo meio da multidão, que nos sábados à noite era sempre maior e um tanto mais agressiva que nas outras noites. Saindo da multidão e entrando nela, uns cinquenta metros à nossa frente estava o antigo namorado de Clarissa, Bill Cardelle, vindo em nossa direção.

Eu não sabia se eles já haviam se encontrado desde o dia do rompimento, mas ela não olhava para ele, e ficava só olhando a multidão, como se estivesse esperando por alguém. Mas Bill, sendo Bill, conseguiu passar pelas pessoas e nem se impressionou com as respostas monossilábicas que ela dava — Bill, com seu cabelo caindo daquele jeito na testa, sua calça branca afunilada subindo pelos tornozelos, e com aquela camisa rosa que em qualquer outro teria parecido, bem, você sabe. E logo depois ele começou a conversar com amigos que tinham em comum, outros casais, e nós três caminhamos para a roda-gigante — a sugestão foi minha.

A fila estava toda agitada, com casais tagarelando com grandes demonstrações de hilaridade e adolescentes se imiscuindo. Entabulei conversa com um homem grisalho e sua mulher. Fiz isso, acho, para mostrar a Clarissa como eu podia tratar os outros de uma forma fácil e confiante, meu dom de falar bem. Mas esse dom acabou se voltando contra mim, porque enquanto eu estava conversando, Clarissa e Bill, de alguma maneira, conseguiram entrar na roda-gigante antes de mim. A barra de madeira caiu, *clank*, fechando-os no assento, enquanto a roda se movia um pouco. Subi. *Clank.* Atrás de mim iam o homem grisalho e a mulher, que, afinal, não pareciam ser tão interessantes.

A roda começou a girar. Fomos indo para cima, para cima, até aquele ponto em que se podia ver a torre amarela de minha escola, feito um olho de coruja me encarando. E então, por entre os gritos e as luzes que explodiam, fomos lançados para baixo, e assim continuamos a girar, a girar. Eu podia ver que no assento, bem à frente do meu, a cabeça de Bill e a de Clarissa estavam juntinhas, como se quisessem ouvir melhor o que o outro dizia. Ela perguntava uma coisa a ele, ele respondia, depois jogava a cabeça para trás para ver a reação dela, e então ela ficava olhando para ele sem dizer nada. Eu sentia que havia um perigo terrível — o pânico sacudia meu corpo como se fosse uma bolinha de madeira. E continuávamos a girar, a girar. A coisa não acabava mais, uma corrida infernal, e a cada volta eu podia sentir o quanto ela estava se afastando de mim.

Eles saíram antes que eu, e quando me juntei a eles, resfolegando de uma forma meio teatral, pude ver que estavam esperando algo. Ela olhou para ele e Bill olhava para seus tênis. E minha boca ficou completamente seca.

Bill não era cara de muitas luzes, mas não era mau e conservou uma distância decente enquanto ela me dizia:

— Eu quero ficar com Bill agora.

E por Clarissa ser Clarissa, havia em seu tom certa impaciência, a mesma que eu notara na voz dela quando me perguntara se eu não ia vê-la na cidade naquela noite — como se agora quisesse só finalizar rapidamente essa parte da noite para depois continuar a viver.

Bill me deu uma carona até a casa de meu tio. Só nós dois no carro, passando pela mesma avenida que eu usara havia apenas algumas horas. Como era possível que tudo houvesse mudado, minha vida inteira, em tão pouco tempo?

— Este carro é seu? — perguntei.

— Do meu pai.

— Tem cheiro de novo. É novo?

— O que é que é novo?

— O carro. É um carro novo?

— Acho que é.

— Gosto de cheiro de carro novo — eu disse.

Passamos pelos pátios da ferrovia, por Chinatown, e podíamos ver a lua no espelho retrovisor. Um bonde passou sacolejando, vazio àquela hora.

— É difícil acreditar que já estamos em agosto — eu disse.

Não acho que Bill achasse alguma coisa difícil de se acreditar. Mas concordou, cooperativamente. Tirou a mão direita do volante e descansou-a no banco, entre nós. Aquela era a mão que ele usava para bolinação — foi o que me ocorreu.

— Gosto sempre da ideia de verão — eu disse —, mas, de alguma forma, acaba sempre em uma espécie de desapontamento.

Com uma manobra graciosa, Bill parou o carro diante da casa de meu tio e virou seu rosto bonito quase feminino para mim. Mesmo com a luz fraca das lâmpadas da rua eu podia ver aquele toque de vermelho em suas bochechas. (*Meu* sangue — me parecia).

— Sinto muito por tudo isso — ele disse.

E sentia mesmo, à sua maneira. Saí do carro, subi os degraus de pedra, comecei a fazer uma pequena encenação de procurar pela chave, mas quando voltei para acenar vi em seu rosto, pela janelinha do carro, que ele entendia perfeitamente como eu estava me sentindo, mas que dentro de cinco minutos nem estaria mais pensando naquilo. A caminho da casa de Clarissa, com certeza. Ela havia dito que seus pais estavam assistindo a um festival de cinema em San Sebastian.

Quando acordei, de manhã, com os passarinhos pipilando do lado de fora de minha janela, meu quarto estava banhado pela luz dourada do sol (mas havia algo de errado nela, um "ar de cedo demais"). Pairei por um segundo na borda de uma lembrança: um cadáver que se pode quase distinguir na lama. Oh, sim, *aquilo*.

Minha boca tinha um gosto ruim, minha cabeça doía por causa da cerveja, como se uma flecha verrumasse minhas têmporas. Minha namorada se fora.

Tentei voltar a dormir, mas como um mergulhador que tem uma bolha de ar em sua roupa (*ela foi embora!*), não consegui voltar à superfície. (Como é penoso ainda, mais de quarenta anos passados, lembrar aqueles momentos.)

Fiquei deitado nem sei quanto tempo, só contemplando uma rachadura no teto, bem em cima de minha cabeça. Uma falha longa, em forma de raio, do tipo que se vê em cima de um lago, no verão. E os eventos da noite passada, a garota de suéter vermelho, a roda-gigante, Bill Cardelle contemplando seus tênis, tudo me parecia ao mesmo tempo um pesadelo e uma coisa inevitável. Como se um pacote de cartas houvesse sido lançado no ar e descesse em uma precisa sucessão numérica. Eu estava deitado lá, chocado demais para fazer qualquer coisa exceto ficar olhando para uma rachadura no teto e planejando descer para escovar os dentes, mas sem querer sair da cama — era como se o fato de ter de me mexer, e com aquele movimento iniciar oficialmente o dia, tornasse a situação *mais real.* Ouvi, então, pela primeira vez desde que chegara à casa de meu tio, uma batida na porta do quarto.

— Sim?

A porta se abriu, meu pai entrou, e o horror de tudo, a injustiça de tudo despencou sobre mim como se fosse uma pilha de cadeiras de madeira. Eu havia esquecido: recém-saído do hospital, determinado a compensar o "tempo perdido" e seu "mau comportamento", ele planejara me levar para comprar roupas para o novo ano escolar.

Em seu carrinho azul, um Morris, fomos até a parte norte da cidade, passando por uma profunda ravina. Do outro lado da estrada eu podia ver o edifício branco onde morava Clarissa. Comecei a imaginar que naquela gigantesca cama dos pais dela, enquanto as cortinas de seda se mexiam um pouquinho (como o cabelo na testa de Bill), os dois, Clarissa e um rapaz que tinha sangue nas bochechas, se moviam, lado a lado, dormindo.

Fiquei vendo pelo espelho a ravina ficar para trás. Viramos na rua Eglinton, ainda bem brilhante naquela horrível luz do sol, e entramos na loja de Beatty, que era para jovens cavalheiros.

Parecia que aquele dia nunca terminaria. Talvez tenha sido, até hoje, o dia mais longo de minha vida. Como todo alcoólatra, meu pai estava inseguro sobre seu comportamento "passado" e me fazia perguntas, como se estivesse lendo um manual. Nem estava interessado em minhas respostas, a não ser em uma delas. "Ouvi dizer que você tem uma namorada bonita."

Compramos um *blazer* que teve de ser ajustado, calças cinza de flanela, que tiveram de ser medidas, camisas de colarinho fechado, um cinto, uma gravata de usar em casa, uma para o colégio, meias de ginástica, meias de passeio, e a coisa continuava, e continuava. Em dado momento, pedi licença para ir experimentar um suéter cinza, sem mangas. Fui até o provador, fechei a porta, sentei de costas para o espelho e caí no choro.

Duas semanas depois fui internado no mesmo edifício quadrado de tijolos diante do qual estou hoje. Um internato! Eu era um *daqueles* caras, misturado com os masturbadores crônicos e os espremedores de espinhas e filhos não amados cujos pais pertenciam aos quadros de funcionários do serviço público, em Nairóbi, no Senegal ou no Timor Leste. Aqueles caspentos que nunca conseguiam namorar, que tinham olheiras inchadas e que eram vistos fazendo seu dever de casa em noites de sexta-feira! Toda a minha vida, eu e meus amigos havíamos sido "rapazes do dia", íamos para casa depois da escola, tirávamos a gravata, ficávamos vendo televisão, dormíamos no sábado de manhã e nunca íamos à igreja. Mas tudo isso, agora, havia acabado. Meus pais (poderiam ter tomado uma decisão pior?) venderam nossa casa na cidade, havia outras pessoas já vivendo lá, e se mudaram para nosso chalé de verão. "Menos agitação", recomendara o médico de meu pai. Bom, todo mundo tinha de seguir esse conselho.

Eu dividia um quarto com um rapaz que ninguém queria para companheiro, cuja pele era branca como creme e que gostava de ficar passeando completamente nu pelo quarto, flexionando os músculos e soltando gargalhadas. Ele também tinha um membro enorme, não circuncidado — parecia um verme gigantesco, e eu tinha a desconfortável sensação de que ele julgava excitante sua própria nudez. A janela em cima de minha cama dava para o pátio e para uma estátua sinistra — o pátio onde eu estava agora, décadas depois.

Uma pequena câmara de horrores, isso é o que era. Quase fiquei louco de tão atarantado com tudo aquilo. Uma ideia não entrava em minha cabeça: quando subi na roda-gigante eu tinha uma namorada, quando desci, não tinha mais. Como é que uma coisa dessas acontecia? Que espécie de mundo era aquele, onde coisas desse tipo podiam acontecer? Como é que são, realmente, os seres humanos? Será que a linguagem é apenas um disfarce, uma maneira de se conservar as pessoas fora do que realmente somos, do que realmente queremos?

Quando as luzes se apagaram, peguei aquele pequeno visor de plástico, aproximei-o dos olhos e apertei o botão — e ali estávamos.

Ali estávamos.

No meio da noite seguinte, fugi. Deslizei pela janela até o pátio e corri até passar a estátua, mergulhando nas sombras.

Levei a noite toda para arranjar uma carona para cruzar a fronteira americana. O sol já se levantara quando cheguei lá. Os carros enfileirados brilhavam.

— Aonde está indo hoje? — perguntou o guarda alfandegário na entrada da ponte.

— Niagara Falls — respondi.

— Quanto tempo vai ficar?

— Só vou passar o dia.

— Por que não está na escola hoje?

— É feriado escolar. Quer ver minha carteira de estudante?

— Não estou muito interessado — disse ele, divertido com seu próprio laconismo. — Pode ir embora.

Caminhei vinte e cinco metros, cinquenta, cem metros pela ponte. Fiquei olhando para o rio que estourava lá embaixo. O vento aumentava, soprando meus cabelos. Fiquei com vontade de começar a correr, correr, correr, correr. Toda a minha vida eu suspeitara de que era um rapaz mau e que seria punido por isso, que um dia uma espécie de gigantesco mosquiteiro cairia sobre mim, com um terrível ruído. E agora eu estava ali, sendo realmente mau, no meio de uma ponte, um desordeiro de primeira, mostrando o dedo do meio para a lei e a ordem e... nada. Não havia mosquiteiro algum. Nenhum Deus, nem inferno, nem punição. Não havia ninguém sequer prestando atenção em mim, quanto mais me punindo. Um cego vinha na direção contrária, tateando com sua bengala, dirigindo-se para o lado canadense, e o vento que soprava do rio estufava as abas do seu casaco preto. Comecei a correr e atravessei a ponte toda, e quando cheguei à sua extremidade, quando pisei em um deque americano, juro que já era um rapaz bem diferente daquele que iniciara a travessia, do outro lado.

O sol se punha, agora, por trás da torre do relógio da escola, com sua cara redonda amarelando lentamente. A porta de meu antigo dormitório abriu-se repentinamente e uma multidão de adolescentes se espalhou furiosamente pelo pátio. Eles me deram uma olhada rápida — como se eu fosse um bastão ou um suporte de bicicleta — e correram pelo pavimento de pedras. Devia ser hora do jantar. Esperei até que o último houvesse subido os degraus e entrado no edifício. De onde eu estava podia ouvi-los andando pelo *hall* em direção à sala de jantar, suas vozes altas e excitadas.

Olhei novamente para a janela de meu antigo quarto. O estudante que agora vivia ali devia ter apagado a luz e só pude ver meu reflexo na janela.

Demorei-me mais um pouco na escuridão que aumentava. Havia algo mais que eu estava querendo, sempre há. Estava tentando imaginar o que eu poderia estar pensando naquela noite, quando mergulhara na escuridão de outubro, correndo de sombra a sombra por prados e pontes; o que eu poderia ter dito se alguém me dissesse que uma noite, muitos, muitos anos depois, quando meu cabelo estivesse grisalho, quando eu fosse mais velho que os professores que lecionavam naquele colégio (que ideia estranha!), eu terminaria ali, de volta àquele pátio.

Não sei por que, saindo do terreno da escola senti uma grande ternura por aquele jovenzinho que se aventurara pela noite. Peguei-me pensando se ele seria, acima de tudo, mais que inquieto, mais que ousado, mais que ingênuo, algo *mais*. Alguma extraordinária qualidade que eu não possuo mais. Cuja falta, pensando bem, provavelmente é uma coisa boa em minha idade.

E quem teria acreditado que Clarissa Bentley seria minha grande libertadora? Capaz de desfazer superstições. A garotinha cruel, que cresceu para se tornar uma adulta desonesta, mas que, mais que minha mãe, que me adorava, mais que um professor de inglês que me inspirou, forneceu-me a liberdade de quebrar as regras para toda a vida. Uma bênção vinda de um monstro.

2

Tudo o assustava

Quando eu tinha doze anos, meu pai, que era então um corretor da bolsa bem-sucedido, comprou-me uma arma. Um rifle com um cabo de mogno e um cano curto. Ele me ensinou a usá-lo, como negociar o campo de um agricultor, como subir em uma cerca sem fazer um buraco em minha cabeça. Era uma arma pequena, mas podia matar, foi isso que aprendi logo no início. Imaginem só, então, seu enorme desgosto quando meu irmão adolescente, Dean, quebrou a tiros metade das janelas do andar térreo de nossa casa de campo enquanto meus pais estavam passando um fim de semana na cidade para ir a um enterro.

Eu era inocente, é claro. Até eu sabia que não se deve apontar uma arma para uma janela e apertar o gatilho. Especialmente se fosse sua *própria* casa e se seus pais estivessem para voltar no dia seguinte. Ainda assim, não reclamei e assumi a culpa junto com ele, embora agora, aos sessenta anos e tendo eu próprio criado dois filhos, não consiga entender por quê. Talvez eu pensasse que estava em um filme. É o que eu fazia frequentemente naqueles anos. *Beau Geste,* talvez, o melodrama de 1939 em que um jovem Gary Cooper confessa um crime do qual é inocente — o roubo de uma joia valiosa — e entra para a Legião Estrangeira francesa, onde acaba morrendo como um herói. Exatamente meu tipo de história.

O castigo pelas vidraças estilhaçadas não foi muito constrangedor. Em vez de levar Dean a um psiquiatra, meus pais nos mandaram aprender de cor o poema *O corvo*, de Edgar Allan Poe (ideia de minha mãe), o que foi sopa para mim, porque eu tinha uma memória de elefante, e, além disso, gostava do poema. Mas para Dean foi uma luta, como tudo o mais, aliás.

Voltamos para a cidade no final daquele verão, por causa da escola, e o rifle foi deixado em um armário, junto com a cartola que meu pai usava, sapatos de reserva para golfe, uma caixa de alfinetes de gravata e um exótico par de dados vermelhos que ele arranjara em Cuba quando ainda era solteiro.

Naquele ano, cresci explosivamente quase quinze centímetros (eu parecia um pássaro pré-histórico), e então, em junho, quando o carro da família avançou em uma nuvem de pó pela rampa da casa, espalhando pedregulhos, verificou-se que o rifle ficara muito pequeno para mim. Parecia que eu estava brincando com uma arma de brinquedo. Continuou, então, guardado no armário.

Alguns anos depois, quando frequentava um novo internato, fui pego fumando haxixe com um padre, que, por azar, morava em um retiro jesuíta que ficava logo ali, na mesma estrada. Fui suspenso por uma semana e enviado para casa, para nosso chalé de verão, onde meu pai vivia sozinho, porque minha mãe o deixara temporariamente.

Mas não fui diretamente para casa. Estava com medo de enfrentar meu pai (eu havia fugido do outro internato no ano anterior). E então, em vez de ir para casa, fui ver uma garota que vivia em uma república de estudantes em Toronto — uma garota suja, *sexy*, de pelos nos sovacos. Ela foi até a porta vestida toda de preto. Um bastão de incenso com perfume de morango queimava no escuro, atrás dela. Ela disse:

— Entre.

Naquela tarde, em dado momento, meu colega de quarto me telefonou na casa da garota, tendo adivinhado onde eu estava.

— É melhor você tomar uma atitude. Eles vão chamar a polícia — disse ele.

Cheguei à casa de Grassmere perto da meia-noite. Um táxi da cidade me levou até lá. O motorista era um cara simpático, de queixo duplo, e usava um chapéu vermelho de caçador. Deixou-me na lateral da estrada. Havia neve demais, segundo ele, e não queria ficar atolado. Comecei a descer o caminho que ia dar na casa, como costumava fazer no verão quando ia a algum baile. A lua espiava sinistramente por entre as árvores. Não havia ruído algum, somente o das minhas botas na neve e o do rio correndo na escuridão, à minha esquerda.

Quando cheguei à primeira curva do caminho, pude ver minha casa lá embaixo, a uns cem metros de onde eu estava, e detrás dela o lago gelado, que parecia cinzento à luz do luar. Uma pequena lâmpada estava acesa perto da janela da sala. O resto da casa estava na escuridão.

Passei pela garagem, sentindo seu cheiro de umidade, ignorando suas coisas, e entrei pela porta lateral da casa. Tirei as botas e dei uma olhada na sala. Meu pai estava dormindo em uma poltrona, em um canto, e havia um romance de James Bond na mesinha ao seu lado. Sean Connery em *Moscou contra 007*.

Ele se mexeu e acordou com minha chegada. Um punhado de cabelos grisalhos estava eriçado em sua cabeça. Devia ter passado os dedos pelo cabelo antes de adormecer.

— Achei que você não viria — disse ele, e na suavidade de sua fala, na aura de sua gratidão, nossos papéis mudaram de rumo para sempre. Ou no que nos restava de tempo.

Ninguém esteve presente em seus momentos finais, violentos, mas tenho pensado muito neles há anos. Repetidamente, como se fosse um filme, cada tomada ligeiramente diferente da anterior. Mas todas terminando no mesmo lugar.

Isto é o que sei. Fiquei com ele naquela casa de campo durante três dias. Só nós dois. Não havia som nenhum, a não ser o do gelo caindo na floresta, e o dos corvos crocitando pelo campo. Um som solitário. As árvores sombrias na ravina, tufos de grama aparecendo por entre a neve, tudo como se fosse uma foto em branco e preto.

Nunca tocamos no assunto de minha suspensão. Acho que ele não queria saber dos detalhes. Talvez nada mais daquilo importasse, então. Perguntei se tivera notícias de mamãe. Ele disse que não, mas isso não era verdade, porque mais tarde a polícia encontrou uma carta dela, da

Flórida, sobre a lareira. Ela estava hospedada em um hotel cor-de-rosa, perto do mar; a água era morna naquela época do ano, mas estava pensando melhor sobre as coisas. Era difícil, escrevia mamãe, encontrar um "cavalheiro" como ele. "Você é uma raridade." Ela resolvera voltar, afinal. As coisas podiam ser diferentes...

Mas para mim ele disse que não tivera notícias dela, e depois ficou calado. Acho que foi a primeira vez que notei aquele tipo de silêncio que parecia ser algo que se ouvia. E então, ouvíamos novamente o crocitar dos corvos.

O que fazíamos naquela casa decadente? Fazíamos palavras cruzadas, colocávamos mais lenha na lareira, fazíamos um sanduíche de *bacon* para o almoço, e eu toquei para ele aquela estranha peça instrumental dos Beatles, *Flying*. Mas o tratamento de choques elétricos o tornara inseguro, e enquanto a música estava tocando eu podia ver que ele estava pensando sobre como os outros o viam.

— Está gostando? — perguntei.

Ele fez que sim. Mas aquela canção, com seus ritmos sonhadores, ia se tornando uma presença no quarto. E aquela presença permaneceu entre nós dois. Como se, juntamente com minha suspensão, o fato de eu não ter ido diretamente para casa, e meu corpo nada atlético e esquelético, meu corte de cabelo como o dos Beatles, minha expulsão do colégio no ano anterior — tudo isso fosse apresentado por mim a ele como uma insuportável lista dos quilômetros e quilômetros de distância que havia entre mim e o filho que ele sempre imaginara e quisera que eu fosse. Mas também era tarde e cansativo demais queixar-se disso — ele sabia.

Mal-amado. Acho que ele se sentia mal-amado, um sentimento que nutria em mim cautelosos impulsos de pessoa adulta. Pensei "não tenho mais medo dele". E ele percebeu isso, ouviu isso em minha voz, viu isso em meus movimentos rápidos, o que o tornou um tanto temeroso de mim. Toda aquela juventude. Aquela minha juventude loquaz, infatigável, que sempre tinha uma resposta pronta para tudo. Como devo ter sido cansativo naquele fim de semana...

Fomos até um chalé de esqui que ficava ali perto e sentamos bebendo chocolate quente e olhando os esquiadores ziguezagueando silenciosamente montanha abaixo. Ele usava um chapéu estranho, lembro bem, com enormes protetores de orelhas, um chapéu que não combinava nada com ele e que, em outros tempos, nunca usaria. Meu pai era um cara que se vestia muito bem, muito *old fashion*. *Blazers*, camisas impecáveis, abotoaduras, gravata de clube, tudo aquilo. Mas não naquele fim de semana. Foi quando ele desistiu de se vestir bem.

Passaram-se assim três dias. E, no início de uma tarde cinzenta, ele me levou até a estação ferroviária, na cidade. Esperamos no carro, com os trilhos à nossa frente, a pequena estação à esquerda, e por trás dela o lago, branco e congelado inteirinho até a margem oposta, uma linha suja no horizonte. Perguntei sobre Dean, se ele fora visitá-lo. Não. Ele começou a explicar que a universidade, uma nova namorada... mas ficou sem fôlego antes de chegar ao fim da explicação.

— O que vai fazer agora? — perguntei.

Ele disse:

— Tenho de ir até a cidade. Preferia não ter de ir.

Tocou com os dedos uma pequena ulceração em sua testa, benigna, mas que precisava ser removida. Não era nada: pegar o carro, um trajeto fácil, hospedar-se no Royal York Hotel, ir ao médico na manhã seguinte, uma gota ou duas de anestesia local, depois voltar para a casa branca no campo. Pronto.

Mas tudo o apavorava. Mesmo ir até a cidade.

Meu trem partiu. Não pensei mais naquilo nos dias seguintes. Eu tinha dezessete anos. Não costumava ficar muito tempo pensando nas coisas, exceto quando queria pensar. A garota que tinha pelos nos sovacos. Eu queria passar outra noite com ela e com o incenso e as velas de Buda.

Mais tarde, naquela tarde, com o trem já a muitos quilômetros distante, enquanto minha mãe tomava um martíni no bar do hotel, na Flórida, pensando em voltar para casa e em como era tão difícil encontrar um "cavalheiro" como ele, meu pai, John Patterson Monday, arrumou uma pequena valise. Uma escova de cabelo, um par de camisas Oxford, uma gravata discreta, meias, aparelho de barbear. Deve ter arrumado a valise logo depois de me deixar na estação. A tarde de inverno já ia caindo e a velha casa ia ficando envolvida em tristeza. Ele vestiu a capa de chuva e colocou o chapéu. Preparou uma dose de uísque escocês. Estava, acho, na iminência de chamar um táxi da cidade quando mudou de ideia. Levantou-se, ainda com a capa de chuva, foi até seu quarto, empurrou para um lado seu velho uniforme militar que estava pendurado em um cabide e escolheu um rifle de calibre 22, provavelmente por causa de seu cano curto. Foi até a sala e abriu a gaveta da escrivaninha Queen Anne que ficava perto de sua poltrona e retirou dela um único cartucho de uma caixa de munição.

Voltou para a cozinha, sentou-se à mesa, abriu a arma, colocou a bala na câmara, fechou a arma, armou o gatilho com seus dedos longos e, ainda usando seu chapéu, colocou a arma na têmpora e disparou.

Não sei quanto tempo ele ficou ali na escuridão, naquele piso da cozinha, mas sei que não morreu logo. Isso não acontece quando se usa uma arma de pequeno calibre.

Só o acharam depois de três dias. No fim, o guarda que vivia mais adiante na mesma estrada quebrou uma janela e conseguiu entrar na cozinha.

Às vezes fico pensando se meu pai, quando apanhou o rifle e colocou o cano na têmpora, pensou em algo mais, no momento anterior àquele em que apertou o gatilho e a bala o derrubou no chão. Será que pensou na dor que sentiria? Será que pensou em mim? Será que podia ver o teto da cozinha quando atingiu o chão? Será que sabia, deitado ali, que estava morrendo? Será que estava arrependido? Será que continuamos a sonhar quando morremos desse jeito, com as imagens se distanciando cada vez mais? Acho que foi isso que ele pensou naquele último segundo: *Esta é a perfeita ordem das coisas.*

Há um acréscimo especial a essa história. Mais ou menos um ano depois da morte de meu pai, iniciei meu curso universitário em Toronto e costumava ficar contando às garotas bonitas, na cafeteria, que meu pai havia se suicidado. Contei para Raissa Shestatsky, em uma tarde de outono, e fiquei esperando que o sorriso sumisse de seu rosto. Coisa que aconteceu. Achei que aquilo me tornava mais interessante, mais parecido com um escritor de verdade que as histórias de vida de outras pessoas, que costumava mostrar. Continuei a fazer isso durante um bom tempo, até que um dia, enquanto estava contando essa história, visualizei meu pai me ouvindo, sentado ali. E fiquei muito envergonhado. Pensei que eu devia parar de contar sua história. E foi o que fiz. E isso durante muito tempo.

Mas, há cerca de dez anos, aconteceu algo surpreendente e totalmente repulsivo. Recebi um cartão-postal de Vancouver, que ficava a quase cinco mil quilômetros. Uma foto colorida de uma cidade, tirada do ar, o porto fervilhante de barcos a vela e lanchas, e ondas altas batendo na linha da praia, brilhando como joias no pôr do sol. Coisa bem comum. No verso do cartão, contudo, havia estas palavras:

> Querido. Acabo de ler seu último romance, bom, mas o que estou procurando de verdade é sua autobiografia, a história de seu pai e da mesa da cozinha. Com as manchas de sangue e tudo! Porque isso poderia dar um filme que interessaria até mesmo a David Cronenberg, *n'est-ce pas*?

O cartão era endereçado ao meu editor e a assinatura era deliberadamente ilegível.

Por motivos que não consigo entender completamente, guardei esse cartão, e, neste momento, estou olhando para seu texto bem impresso. Ele — eu sei que é um homem — pode ser um pintor, um ilustrador, um artista de alguma espécie, o que se vê pela caligrafia. Mas por que eu o conservei? Será que estou esperando para poder comparar a caligrafia, algum dia? Estou sim. Tenho planos desagradáveis em relação à pessoa que me mandou esse cartão. E estou preparado para ter paciência com esse assunto.

Tenho uma teoria, porém. Ocorreu-me uma manhã, inesperadamente, enquanto estava tirando os pratos da lava-louças. Acho que o autor do cartão, essa criatura lá em Vancouver, frequentou a universidade comigo, sentou-se perto de mim, talvez mesmo na cadeira vizinha, quando eu estava contando a Raissa ou a alguma outra garota a "triste" história da morte de meu pai, e a ouviu.

E agora, ali estava aquele cartão.

Mas, voltando à minha pergunta anterior: não, eu não acho que meu pai morreu pensando que estava cometendo um erro. As coisas mudam, mas hoje, agora que tenho a mesma idade dele quando morreu, não imagino que ele estivesse pensando muito naqueles derradeiros momentos, exceto em terminar o serviço. Foi apenas um impulso momentâneo que o fez puxar o gatilho no instante em que o cano da arma tocou a pele de sua têmpora. Uma coisa estranha, especialmente para um homem que bebia muito, foi ele não ter terminado de beber seu uísque. Sempre o admirei por isso. Corajoso até o fim.

Fico sempre pensando nisso, o copo de uísque na mesa da cozinha, quando ouço *Flying*.

No último inverno, eu estava vagando pelo centro da cidade, naquela época morta entre o Natal e o Ano-Novo. Um pouco antes do anoitecer, descobri-me parado em frente à estação de ônibus para onde eu fora ao fugir do internato naquela noite de 1966. Passei por um monte de neve, entrei na estação e comprei uma passagem para nossa velha casa de campo, em Grassmere. Eu não havia voltado para lá durante muitos anos e estava ansioso para ver aquele lugar.

O cálculo do tempo foi perfeito, porque nem meia hora depois partimos da estação, tomando a University Avenue. Como é estranho ver nossa própria cidade através da vidraça verde de um ônibus... uma esquina onde se brigou com a namorada, um quiosque onde comemos um cachorro-quente com nossos filhos, uma loja de rosquinhas onde ficamos esperando a roupa secar, o deserto campo de futebol de nosso velho ginásio. Como se fôssemos um turista visitando sua própria vida.

O ônibus ganhou velocidade. *Shoppings*, lojas gigantescas, depósitos, torres de caixas-d'água, tudo passava em um turbilhão. Ouvia-se o ruído de um avião a jato descendo devagar. Assim que ultrapassamos os limites da cidade, ganhamos velocidade e começamos a correr por uma estrada marrom, molhada. De cada lado, campos planos. O sol amuado, envolto em nuvens. Juncos espiando pela neve. Uma casa de fazenda cor de sangue seco. Uma estrada lateral que não levava a lugar algum.

Gradualmente, o terreno começou a ficar mais áspero, mais rural — lagos cobertos de neve, grandes rochas, restaurantes de estrada fechados até a primavera, motéis com estacionamentos cuja neve não havia sido removida. Mais neve agora. Árvores com galhos caídos, como se fossem crianças com braços cansados.

Mas, logo depois de Orillia, o sol rompeu as nuvens e transformou a paisagem, como faz na região do Caribe, um lugar de uma possibilidade quase romântica. Um alce surgiu à beira da floresta, e o vapor subiu da estrada. Os lagos apareceram então, pontuados por cabanas de pescaria. Uma figura negra e solitária caminhava até a praia.

Eram quase quatro e meia da tarde quando o ônibus saiu da estrada principal e se dirigiu lentamente para a cidade. Desci no Empire Hotel, e como se fosse um sonâmbulo, cruzei a rua principal, passei pelo cinema, depois por uma loja de cartões, até chegar ao lugar do "Edward's Taxi". Entrei no escritório e disse que queria ir até Grassmere, acrescentando: "Se ainda se chamar Grassmere".

— Claro que sim — disse o despachante.

Ele tinha uma cara amiga, de cidadezinha, que eu quase reconhecia.

— Até Pen Lake? — perguntou.

— Isso.

— Qual é o endereço?

— Não sei. Não tinha nenhum endereço da última vez que estive aqui.

— Bem. É a casa de quem?

— Não sei qual é o nome das pessoas. Faz muito tempo que não venho aqui. Estou procurando a casa do velho Monday.

— Meu pai costumava levá-lo ate lá — disse casualmente o despachante. — Earl Edwards, meu pai.

Eu o reconheci:

— Tommy? — perguntei.

Ele era um rapaz gordinho mesmo naquele tempo em que trabalhava na marina, sempre enxugando as mãos e falando como um caubói.

— Eu me lembro de seu pai — eu disse.

E me lembrava mesmo de uma versão mais velha do rosto de Tommy debaixo de um chapéu vermelho de caçador. "Ele me levou lá..." Eu ia dizer quando, mas não quis iniciar aquela conversa, e acrescentei "várias vezes".

— Ele morreu, faz quinze anos agora.

— Lamento ouvir isso.

— Espere um pouco, eu mesmo vou levá-lo lá.

Vestindo uma pesada jaqueta de inverno, Tommy disse:

— Nós enchíamos o tanque do barco para vocês, você e seu irmão. Vocês, caras, costumavam vir direto para as docas, pular do barco dizendo que era para pôr na conta do sr. J. P. Monday.

Olhei para ver se em seu rosto havia um toque de malícia, mas não havia nenhum.

— Acho que vocês pensavam que nos éramos uns meninos mimados — eu disse baixinho.

— Bem — disse ele, feliz por *eu* ter dito aquilo —, isso foi há muito tempo. Muita água passou debaixo da ponte.

Eu podia ver novamente o menininho Tommy esfregando as mãos com um trapo.

— Você tem uma memória excelente, Tommy.

— Eu não poderia me lembrar nem do que aconteceu ontem, mesmo que minha maldita vida dependesse disso. Mas se me perguntar o que aconteceu há vinte anos, fico falando até a hora do jantar.

Já estava escuro durante o percurso de oito quilômetros até chegarmos à casa. Eu preferia ficar sozinho no último trecho, e então pedi que me deixasse no topo do caminho que ia dar lá. Quando saí do carro, aquele ar fresco e selvagem do campo me envolveu.

— Quer que eu espere?

— Não, está bem assim.

Tommy ficou pensando um momento.

— Lembra-se daquela garota, Sharon Beilharz? O pai dela tinha uma loja de calçados.

— Sim.

— Você andava com ela.

— Foi, sim. Durante um verão.

— Bem, ela é a prefeita, agora. É melhor você tomar cuidado com o que faz.

— Foi um prazer revê-lo, Tommy.

Comecei a descer pela estradinha, com o rio correndo pela ravina à minha esquerda, mais barulhento do que eu lembrava, e as árvores nuas, mais altas. Um luar fantástico. O tempo estava mudando. Fiz a curva. O poste da cerca estava ainda lá. Tive a impressão de estar começando a ouvir *Flying*, dos Beatles, tocando em minha cabeça. Havia luz em meu antigo quarto, no segundo andar. Um detector subitamente acendeu as luzes. Havia um carro de luxo na garagem. Eles deviam ter dinheiro, fossem lá quem fossem.

Bati na porta. Ninguém respondeu, e bati de novo. Podia sentir meu coração disparando, como se eu estivesse infringindo alguma lei, ou como se de repente uma cara azeda pudesse aparecer na janela e dizer: "Você não tem nada a fazer aqui!".

Pensei em dar a volta na casa, mas fiquei paralisado por causa daquela desagradável sensação de que eu estava fazendo uma coisa errada. Estava já para voltar e subir a estradinha quando a porta da frente se abriu. A mesma porta pela qual eu saíra, precipitadamente, na noite em que pedira carona para ir ver Clarissa Bentley. Um homem pequeno, queimado de sol e que usava uma jaqueta de *tweed* e gravata, estava parado no umbral.

Avançando muito lentamente — não o queria assustar — eu me apresentei.

— Entre — disse o sr. Keveney.

E então entrei em minha velha casa. Fisicamente era o mesmo lugar, as paredes estavam nas mesmas posições, mas tudo o mais era diferente. A casa parecia dançar com cor e frescor, tons de rosa e de laranja, cores pastel.

Convidando-me a fazer o mesmo que ele, sentou-se em uma poltrona, no canto, justamente onde estivera sempre a cadeira de meu pai. O fogo crepitava e comecei a sentir uma espécie de vertigem sonolenta, como se minha cabeça estivesse cheia de plumas. Detectei um vago sotaque irlandês no que o homem dizia. Ele era daquela espécie de homens que usam gravata para ficar em casa no sábado, no campo.

Eu disse:

— Tenho um pedido pouco comum para lhe fazer, sr. Keveney.

Sua expressão mudou, com um toque de suspeita.

— Eu vivia aqui — eu disse.

— Quando?

— Fui embora em 1966.

— Para quem vendeu a casa?

— Acho que não sei.

— Qual era o nome de seu pai?

Eu disse a ele. Ele balançou a cabeça de uma forma neutra. Fiquei pensando se ele sabia. Examinando seu rosto grande e bronzeado — devia praticar esportes de inverno —, eu não podia ter indicação alguma de nada.

— Agora me diga — disse ele —, qual é seu pedido pouco comum?

— Gostaria de ver meu antigo quarto.

Naquele momento, uma mulher idosa de cabelos ruivos e um rosto pálido, lindamente vestida, entrou na sala. O sotaque irlandês dela era mais forte.

— Já lhe ofereceu um Sherry, Gerald?

— Acho que não arrisco beber — eu disse.

Ninguém achou estranho o que eu dissera.

Caminhando à minha frente, levaram-me para a escada de madeira e pelo vestíbulo estreito. Olhando para o quarto de meu irmão, vi que ele também havia sido reformado, com cores brilhantes e mobília de tons quentes. A cama estava coberta de presentes embrulhados.

— Temos um filho que vive em Edimburgo e está vindo nos visitar, trazendo seus filhos —, disse a sra. Keveney.

Entraram em meu quarto, então. Os caubóis haviam ido embora do papel de parede.

— Abra a janela — disse o sr. Keveney.

Quando meus dedos tocaram as pesadas tranquetas de metal, tive uma sensação de absoluta familiaridade e senti uma estranha leveza. Olhei para ele, intrigado.

— São as mesmas que estavam aí quando você era um menino — disse ele.

Olhei para as tranquetas, com meus dedos ainda debaixo delas. Então era *aquilo* que Proust queria dizer quando tropeçara na pavimentação irregular de pedras de Paris e sentira-se subitamente transportado para Veneza, onde, quando era jovem, tropeçara em uma escada do mesmo tipo. Isso era o que ele queria dizer por "estar além do tempo" — que não estamos nem aqui (no presente, em minha velha casa de campo) e nem lá (eu levantando aquela janela, na infância), mas, em vez disso, em uma deliciosa espécie de limbo, *entre os dois tempos*. Que coisa estranha: ter voltado para procurar e entender uma velha ferida, sendo a vida o que é, para voltar com algo completamente inesperado. Neste caso, ter finalmente entendido Proust, após tantos anos de desentendimento.

— Essa janela costumava estalar com o vento?

— Sim, costumava.

— Quer ver agora o quarto de seus pais?

Atravessamos a cozinha em silêncio. Havia uma mesa retangular, de pinho, encostada na parede mais próxima. Estava preparada para dois, um lugar em frente à janela panorâmica, o outro ao seu lado. Fiquei olhando para a mesa de pinho demoradamente, e depois olhei para as lajotas coloridas do pavimento onde o sangue da têmpora de meu pai escorrera.

E então, a sra. Keveney fez a coisa mais extraordinária. Deu um passo à frente, rapidamente, e me abraçou. Um abraço de mãe, amoroso, cheiroso, delicadamente perfumado.

— Mas onde você está hospedado? — perguntou.

— Na cidade.

— Não — disse, firmemente —, precisa ficar aqui. Amanhã pode arrumar uma carona para voltar para a cidade.

Eu podia ouvir, lá fora, o barulho dos grãozinhos de granizo contra as janelas. O tique-taque do relógio de pêndulo no vestíbulo.

— Acho que agora vou poder tomar aquele Sherry — eu disse.

Permaneci no térreo, perto do fogo, e fiquei falando até meus olhos começarem a fechar. Subi as escadas e atravessei o vestíbulo escuro para ir até meu quarto. Não fiquei lendo, dormi imediatamente. À noite ouvi uma pancada forte no vestíbulo. Reconheci aquela pancada. Minha mãe pensava que eram *poltergeists*[1] — mas se eram, eram tranquilizadores, e voltei a dormir profundamente.

Quando acordei a manhã estava gloriosa, muito ensolarada, e o lago parecia branco e brilhante na distância. Tomamos o desjejum na cozinha — torradas e ovos mexidos. Deliciosos. Eu estava sem comer havia um dia inteiro.

— Volte sempre que quiser. Traga sua mulher também. É um pouco fora de mão, aqui. Nós gostamos de hóspedes.

Comecei a subir a rampa, com o sol brilhando sobre minha cabeça. Parei no poste e dei uma última olhada. As imagens de meu irmão ouvindo beisebol em seu radinho, de mamãe dançando na cozinha com sua camisa amarrada na cintura, meu pai com aquele chapéu engraçado, todas essas imagens tremeluziam em minha memória, tão nítidas que as podia tocar, quase. E suspeitei que pelo fato de poder agora voltar à casa quando quisesse, nunca mais o faria. Aquele lugar habitado agora por pessoas tão calorosas, tão amigas.

Caminhei por poucos quilômetros pela paisagem rural descolorida e achei que já era o bastante. Não havia mais nada para se pensar sobre aquilo tudo. Um caminhão de gelo vazio me conduziu de volta à cidade.

---

[1] *Poltergeists* — (Alemão) Fenômenos sobrenaturais provocados por espíritos jovens, brincalhões, mas que podem também ser agressivos. (N.T.)

3

"O senhor não me conhece, sr. De Niro, mas..."

"A melhor coisa de ser uma pessoa bem-sucedida" — disse-me certa vez um amigo — "é que começamos a dizer a todos que se fodam." Ele me disse isso quando estava em um ponto baixo de sua carreira, pouco antes de abandoná-la e casar-se com uma mulher rica. Agora não nos vemos mais (essas coisas acontecem), mas eu me lembro frequentemente dessas palavras, e durante um tempo, durante um longo tempo, acreditei nelas: que um dos maiores prazeres da vida consiste em mandar à merda as pessoas do passado e os lugares onde fracassamos. Foda-se, Mary-Lou, e assim por diante.

Mas quando meus cabelos começaram a ficar grisalhos, descobri que a coisa é mais complicada. Por exemplo, não é uma questão de convencer "essas pessoas" de que estavam erradas a nosso respeito, e sim uma questão, realmente, de convencer a si próprio, ou, para ser mais preciso, ao nosso *corpo.* Nosso corpo lembra mais facilmente os fracassos que os sucessos. Não sei por que, mas é assim mesmo. E quando colocamos o corpo de volta nos mesmos lugares físicos onde ele fraquejou outrora, onde ele sofreu golpes contra seu coração e sua vaidade, às vezes — realmente, na maior parte das vezes — nosso corpo esquece todas as coisas que aconteceram e só pensa que aqueles dias ruins de antigamente ainda estão ali.

O que faz que voltar às arenas onde outrora fomos infelizes seja encontrar um campo mais minado do que havíamos pensado.

Quando eu tinha vinte e dois anos minha mãe morreu durante um jantar na Cidade do México. Ela estava fazendo um brinde e caiu da cadeira, no carpete. Alguém roubou um colar de pérolas do pescoço dela antes de a ambulância chegar, mas, afora isso, disseram-me que a companhia era muito boa naquela noite. Alguns dias depois, fui até o escritório de Nathan e Nathan e, junto com meu irmão, Dean, assinei alguns papéis.

Começou assim minha curta vida de rapaz rico. Não tenho certeza, olhando para trás nos anos que se seguiram, como as coisas poderiam ter sido piores, como poderiam ter assumido um poder de destrutividade pior que aquela herança. Ela me permitiu — ou, pelo menos, era o que eu pensava — *não fazer* a única coisa que teria me feito feliz. Trabalhar. Tirar o traseiro da cadeira e fazer alguma coisa. Mas então eu não sabia disso e pus a culpa de minha infelicidade em outras coisas: a busca do amor, poesia não publicada, o silêncio de Deus, cigarros, crueldade para com os animais, pessoas feias, a aparência de minha rua quando o sol desaparecia por trás de uma nuvem.

Enquanto meus amigos estavam entrando na escola de direito ou fazendo cursos de teatro, ou fazendo estágios como jornalistas, ou praticando violino, ou estudando para o mestrado em vulcanologia, eu vagava por ali em torno de uma casa de fazenda herdada, de robe, dormindo até cinco da tarde e ocasionalmente tentando estrangular minha namorada, uma princesa alemã que ciciava — a vítima de um pai que se suicidara. Em nosso meio, três a cada quatro genitores haviam morrido à bala. Como poderíamos fracassar como um casal?

Uma vez, em rota para Frankfurt, alguns Bloody Marys e duas ou três pílulas para dormir me convenceram a me apresentar aos outros passageiros como um jogador profissional de bilhar que fazia uma turnê pelo mundo. Em algum ponto do escuro Atlântico tombei no assento de outro passageiro e o comissário de bordo me deu ordem de prisão na traseira do avião e me amarrou feito uma múmia no assento de emergência. Há algo mais destrutivo para um rapaz que uma renda que não ganhou com o trabalho? Acho que não.

Então, quando eu tinha vinte e oito anos, em 1978, casei-me com M., uma amiga do colégio, e alguns meses depois tivemos uma filha incrível. M. trabalhava no Festival de Filmes de Toronto, e eu costumava ficar rondando seu escritório à tarde, no meio de pessoas jovens e ocupadas. Durante certo tempo gostei de ser o marido "interessante" (leia-se inútil) da chefa. Mas só se pode ser "interessante" durante certo tempo, porque logo um cheiro de putrefação começa a seguir-nos, como uma pluma. Ficamos fora de ritmo com o mundo. Essa é uma observação cruel, mas se não podemos fazer algo pelas pessoas, elas também não têm muito tempo para nós. E tudo que eu tinha era tempo livre.

Pouco a pouco ia parecendo que até mesmo as secretárias do escritório de M. me viam meio como um bufão. Então, deixei de frequentar o local. A luz no escritório, o barulho de pessoas ocupadas, o chocalhar das máquinas de escrever, as vozes excitadas no telefone — "Estou com Werner Herzog na linha", "Harvey Kietel não virá se aquele outro cara vier também!", "Podemos arranjar uma Coca para Robbie Robertson?" —, tudo isso provocava em meu corpo uma sensação de irrelevância doentia. Há poucas sensações mais desagradáveis que essa.

Uma noite, quando apaguei a luz, tive a consciência de algo que desabava sobre mim. O fracasso.

Durante dez noites de setembro o festival de filmes palpitou e tonteou o coração de Toronto. Havia recepções à tarde e coquetéis para indústrias. Bandejas de camarões gordurosos e molhos picantes eram passados pelos salões por atrizes belíssimas e desempregadas. Limusines iam e vinham do aeroporto. Estrelas de cinema apareciam nos restaurantes locais. Havia jantares particulares para John Cassavetes, Gérard Dépardieu, Wim Wenders (foram irritantes as inúmeras vezes que me tomaram por ele), Richard Gere, Kevin Kline, Agnès Varda, Michael Caine, Jean-Luc Godard, Pauline Kael, Robert Duvall, Jean-Jacques Beineix, uma jovem Nastassja Kinski (Jesus!), Peter O'Toole, Dennis Hopper, Klaus Maria Brandauer... Woody Allen, não. Nunca. (Ele sabia das coisas.)

Havia conferências às dez da manhã, mas só se conseguia lugar para ficar em pé. Tradutores, agentes, produtores e a imprensa estrangeira disputavam os lugares sentados. Celebridades se exibiam. Expunham suas sensibilidades políticas, riam das piadas uns dos outros, banhavam-se na falsa generosidade de alguém que acabasse de receber um prêmio. Os *flashes* espocavam.

Havia filmes também, mas frequentemente pareciam ser somente uma espécie de trampolim para elogios exagerados e beijos no rosto.

Pessoas entravam e saíam de hotéis. O vestíbulo fervilhava com caçadores de autógrafos, fotógrafos, grupinhos e caixeiros-viajantes importunos. Bactérias se acumulavam. Jornalistas faziam entrevistas ao lado de uma árvore de borracha, no mezanino do vestíbulo. Homens baixos, vestindo ternos Armani e usando celulares, apressavam-se pelos corredores pesadamente acarpetados. Às vezes, em companhia de uma moça anoréxica, faziam chamadas internacionais para Los Angeles e pediam que um roteiro lhes fosse enviado pelo correio imediatamente.

Os atores de televisão ficavam com os quartos menores. Diretores europeus fracassados davam seminários, para que toda uma nova geração de diretores canadenses pudesse aprender a fracassar também.

Diante dos cinemas, os tapetes vermelhos rolavam, os holofotes giravam, as calçadas ficavam lotadas, câmeras de televisão zumbiam, estrelas de cinema desciam das limusines em uma explosão de luz e sumiam dentro do edifício, enquanto os que haviam sido deixados do lado de fora se sentiam ligeiramente nauseados, ligeiramente deprimidos. Mas durante alguns poucos segundos, ali, ficávamos tão próximos daquele halo de luz, que quase o poderíamos tocar.

Às vezes eu via M. no saguão de algum cinema com W. C., o diretor do festival. Com sua testa proeminente e seus óculos sem aro, ele podia passar por um sósia de Joseph Goebbels. Ao seu lado, seu principal bajulador, Billy, magro, de peito cavado. Rindo e fumando cigarros (ele só tinha um pulmão), ficava sempre bem próximo às pessoas e falava "por dentro". Completando o trio vinha um verme, um homem grande, de cabeça de cenoura. Ele não trabalhava no negócio de filmes, mas os outros lhe concediam privilégios de adido, pois provocava um efeito curioso, o de fazer todo mundo sentir que estava levando uma vida um tanto melhor que a dele. Johnny era como o Tio Vânia, personagem de Tchecov. Um dos que pretendiam ser um romancista e acabava copiando modelos para crianças de um catálogo de roupas de inverno, ou alguém que poderia ter merecido um olhar de Bertolucci no reflexo de um espelho, em uma manhã, mas que ainda estava escrevendo anúncios para fábricas de supositórios, ou que quisesse ser um astro de cinema, mas que continuava somente a levar, de táxi, latas de filmes do censor para os cinemas. Mas fosse lá qual fosse o tipo do seu desapontamento, que ainda podia sentir que era melhor — intelectualmente, sexualmente, criativamente, esteticamente — que Johnny. Era por isso que todos gostavam dele.

E por que aqueles nominhos açucarados, Billy, Johnny, e, não esqueçam, "Weiner" (o apelido de W. C.)? Homens feitos! E durões? Nem pela metade. Engraçado como eu os odiava então, e como até mesmo lembrar-me deles trinta anos depois me faz experimentar a mesma repulsa.

Às vezes eu via Billy dançando em algum baile de gala. Ele tinha a ilusão de ser muito ágil, sabia todos os passos. Às vezes parava e vinha conversar comigo, aproximando-se muito, muito confiante de si, com seu rosto a uma distância de centímetros apenas. Mas não durante muito tempo. Ele tinha de ir a lugares importantes. Com um floreio, desaparecia. Deslizando na ponta dos pés pelo salão para ir falar com este ou aquele. Muito riso. Muitos mexericos. Eu ficava envolto em ódio e desejava que todos estivessem mortos. Só o fato de me aproximar do festival de filmes durante aqueles dez dias já me fazia querer assassinar pessoas — claro que o motivo era a desgraça de minha própria vida profissional, que parecia ter nascido morta. Mas eu não conseguia me afastar dali.

Havia escândalos menores. Um diretor de Hollywood encomendara oito caixas de champanhe Veuve Clicquot por conta do festival. Um ator francês tomara uma *overdose* de cocaína (mas não sem antes ter chateado todo mundo até a morte). Alguém comeu a namorada de outro alguém no banheiro da suíte VIP. Um filme chinês de arte foi mostrado sem legendas no festival de filmes de terror da meia-noite. Ninguém parecia ter notado isso.

Durante aqueles dez dias em Toronto, os *nerds* — principalmente críticos de cinema — ficavam na moda. Malvestidos e pesadões, verdadeiros aleijões sociais vagavam pelos saguões dos cinemas, frequentemente em pares ou em trios, calados, superiores, achando que sabiam mais que todo mundo, tão sutis em suas condenações, que nosso coração disparava quando dizíamos a eles que havíamos gostado de alguma coisa. Eles não respondiam que não tínhamos razão: apenas nos lançavam no meio de uma roda de criaturas inferiores, voltando sua atenção unicamente para seus pares.

No meio disso tudo estava minha mulher, M., despachando motoristas, dando instruções, tomando decisões rápidas, trocando suítes por quartos simples para estrelas menores e quartos por suítes para as mais importantes, dando bronca em gerentes de cinemas, aplacando atores, agendando salas de reuniões, despedindo os recalcitrantes, animando os exaustos — ela era o sol, no centro do universo. Ou pelo menos parecia isso para mim, que ficava parado nas bordas daquele temível escritório do festival, inundado de luz ("O *bunker*", era como o chamavam). Durante aqueles dez dias eu tinha toda a vaidade de um escritor bem-sucedido, mas nada de trabalho que a substanciasse. Como o jovem André Gide, ficava furioso de que o mundo não me desse crédito pelo trabalho que eu *supunha* poder eventualmente produzir.

Às vezes eu via M. na rua, em uma colmeia fervilhante de pessoas, sempre ao lado de algum astro de cinema ("É Dustin Hoffman!"), ou em um círculo de diretores, produtores, publicitários e escritores (e estes procurando manter sua dignidade, sua superioridade, mas sempre no íntimo tão excitados quanto crianças no dia de Natal).

— Dusty! Dusty! Aqui! Venha para cá! Hoffman!

Não dava para resistir, não ficar afetado, não sentir que, de alguma forma, estávamos à margem da vida. Agora, acho que mesmo as pessoas que estavam no *bunker* deviam se sentir marginalizadas, e que essa coisa toda era uma entidade na qual, mesmo que gastássemos toda a vida perto dela, em torno dela, nunca poderíamos chegar ao seu centro, agarrá-lo, segurá-lo, torná-lo nosso. Porque essa "coisa" não existia. Não era uma coisa, nem um lugar. Era um não lugar, e poderíamos somente ficar do lado de fora dele.

Às vezes eu ia às estreias noturnas de gala, mas, para ser sincero, a excitação, o foco em *outras* pessoas só me nauseava. Então, eu ficava andando por meu apartamento, dava banho em minha filha, Franny, depois o jantar, vestia o pijama nela, lia uma história, e então... e então, era como se ocorresse uma forte sucção na cidade, uma sucção que, como acontece com as lâminas com um imã, parecia sugar todo mundo, inclusive eu próprio.

Retorcendo-me com o desconforto, com ímpetos de agressão e má vontade, eu abria a porta para a babá contratada e corria feito um drogado até a suíte VIP. Havia neblina, e nas ruas sentia-se uma aura de mistério. Talvez aquela noite fosse a noite. A noite em que minha vida começaria. Que as coisas começariam. Que coisas? "Nós o temos observado, senhor, e chegamos à conclusão de que temos uma proposta capaz de interessar a um homem com suas habilidades."

O que acontecera comigo? Como eu havia chegado àquilo? Falta de caráter? Talvez. Imaturidade? Certamente. Havia manhãs em que eu acordava com o sol, que parecia uma pérola fria do outro lado da janela, e com minha filha puxando minhas cobertas, levante, papai, levante... E eu ficava pensando como, com um início tão promissor, com boa aparência, um cérebro decente, uma formação em escola particular, universidade grátis, pais *ok* (não iluminados, mas nem sádicos, também), eu conseguira ser tão pouca coisa.

Naquela noite, lembro, cheguei à suíte VIP um tanto cedo. O filme de gala estava apenas começando, lá embaixo, perto da praia do lago. Um raio estrondou sobre o lago e gordos pingos de chuva espalharam-se contra as janelas panorâmicas. Eu estava no bar, falando com o *barman*, quando M. e um bando de produtores franceses entraram. Ela me deu um "alô" gelado, olhou para meu copo de cerveja meio vazio, fez uma ou duas perguntas, hesitou o suficiente para me advertir, sem dizer mais nada, de que eu andara bebendo e ela conseguia perceber isso em minha voz. E então, quando eu começava a me explicar e a fazer uma observação (eu só queria me mostrar amável) sobre os filmes de Eric Rohmer (cujos roteiros tinham mais precisão do que se poderia imaginar), ela me voltou as costas e foi embora. Fez isso de propósito, é claro, e eu me senti diminuído e embaraçado. Nós nos odiávamos naquela época.

Lá pelas duas da manhã, a suíte estava barulhenta e cheia de gente. Uma nuvem de fumaça de cigarros pairava sobre a sala. As conversas eram cada vez mais altas. Até o porteiro estava com um drinque na mão. As pessoas esperavam no corredor. A porta se abria, viam-se rostos de todos os tamanhos, esperançosos, tensos, sorridentes, irritados, todos tentando entrar, tentando ficar perto de algo que, com certeza, estaria logo ali bem do outro lado da porta. Um entrevistador de televisão de cara de macaco chegou vestido como se estivesse em uma peça de Noel Coward. Era famoso por conhecer todos os detalhes da vida das celebridades, o que alguém havia dito ao seu professor do terceiro ano do fundamental, o que o diretor de uma dessas peças de temporadas de verão lhe sussurrara entre o primeiro e o segundo ato havia tantos anos... O Cara-de-Macaco tinha a ilusão de que isso o tornava o mais profissional dos repórteres. Para mim, ele não passava de um desavergonhado, de um fracassado bajulador. Com ele estava um crítico de cinema de cabelos brancos, o último heterossexual capaz de persuadir alguém de Toronto, apesar de seus três filhos e de sua bonita mulher. (Eles se entendiam, decerto.)

Eles foram admitidos e a porta se fechou novamente. Vi um ator de televisão no bar. Um astro cinematográfico movia-se ao redor dele. Trocaram cumprimentos. Dava para ver que o astro estava querendo mostrar interesse no trabalho do ator, mas todo mundo, e especialmente o apresentador de cara de macaco que os estava olhando fixamente, queria saber quem era o patrão, quem era o rei. O artista cinematográfico foi embora primeiro, com seu drinque servido, rindo e acenando, encantado por poder se afastar, mas sem querer fazer um inimigo. Fiquei mais alguns minutos falando com o ator de televisão. Quinze anos depois, ele seria a maior celebridade da televisão, o herói de ação de uma absurda série futurista na qual interpretava um personagem que era meio homem e meio *cyborg*. Estava fazendo, então, um pequeno filme independente, surpreendentemente bem escrito que produzira e estrelara. Embora todo mundo dissesse que sua época já passara, enquanto eu conversava com ele no bar (falava com um descansado sotaque texano) descobri o quanto gostava dele, sentindo-me estranhamente protetor, elogiando-o por sua atuação, dizendo que o maior desafio de um ator era fazer sua atuação parecer natural — o que o fez se oferecer para me pagar um drinque (que era grátis).

E então, de repente, ele foi embora, absorvido no pólen de uma mulher jovem que durante toda a conversa ficara desavergonhadamente grudada em seu cotovelo. Notei, do outro lado da sala, os olhinhos furiosos de minha mulher dirigidos para mim como se fossem duas pistolas. Ela andara bebendo. Um circuito se ligara em sua cabeça e certamente não era nada de bom. Ela transformara toda a sala, ou melhor — e esta é a parte feia da história —, as pessoas das quais não precisava, em um bando de irritantes mosquitos.

Ela estava me dando "o olhar". Todo mundo conhecia aquele olhar naquela época. O *barman* o recebia se ela o visse tomando uma cerveja. Um auxiliar secundário do festival o recebia se interrompesse uma conversa com o produtor de Bertolucci (um *cameraman* não comparecera a uma planejada retrospectiva de Howard Hawks). O programador do festival de filmes de terror da meia-noite o recebia quando perguntava se poderia levar uma caixa extra de cervejas para sua estressada equipe. E, agora, eu. Eu não tinha certeza de qual infração havia cometido, mas me lembro de pensar que aquele não era mais o rosto da mocinha que eu tanto adorava na universidade, com seu cabelo castanho caindo de cada lado do rosto escultural. Que coisa terrível para nós ter chegado àquele ponto!

Para evitá-la, fui até o outro lado da suíte. Havia um banheiro ali. Parado bem ao lado, em pé, com os braços cruzados como se fosse uma tartaruga de aço que se descobrisse fora de seu casco, estava Robert De Niro. Eu havia esquecido que ele iria aquele ano. Era menor do que eu esperava, e usava *jeans* e uma camisa de manga curta. No entanto, não pude deixar de reconhecer que havia uma espécie de aura em torno dele que simplesmente dizia: "Não. Não me diga que gostou de minha dança cheia de alegria de viver em *Mean Streets* (a caixa de correio que explodia). Não me pergunte por que Martin Scorsese me prefere a Harvey Keitel (essa é fácil — basta conhecer Keitel para se saber por quê)".

Eu estava quase agarrando a maçaneta do banheiro quando ele moveu seu esqueleto tenso alguns centímetros naquela direção, ficando diretamente entre mim e a porta. Foi um movimento sutil, mas concreto.

— Tem alguém lá dentro agora — ele disse.

Trocamos olhares. Ele estava em uma posição difícil. Iniciara uma conversa que habitualmente não teria nenhum desejo de continuar.

Parados lado a lado, ambos com os braços cruzados, olhando fixamente para frente, nenhum de nós dizia nada diante daquela sala fervilhante de gente. Billy, que era o zelador do banheiro, mostrou sua cabeça por trás da quina da parede. Estava cochichando com um atorzinho fracassado, mas interrompeu o que dizia para confirmar se não havia alguém mais importante ali por perto. Quando viu quem era o homem parado perto de mim (achou que estávamos conversando), todo seu rosto, e o que ele pensava de mim, sofreram uma transformação dramática que produziu duas sensações antigas em meu corpo: a primeira, uma espécie de prazer envolvente, a glória atingida pela proximidade, que foi seguida imediatamente pelo desgosto comigo próprio, uma estranha sensação de vazio — como se eu não houvesse comido nada o dia inteiro. Pensei: "então, chegamos a isto". O grande feito da vida: ficar parado perto de um astro cinematográfico e as pessoas pensarem que somos amigos. E tive novamente a sensação de ter perdido um trem importante. Um trem que, quando somos jovens, parece ser um que só passa uma vez.

Virando-me ligeiramente, eu disse:

— Desculpe, sr. De Niro, o senhor não me conhece, mas acho que conhece minha mulher, M.

— M.? — disse ele franzindo a testa.

Eu conhecia aquela expressão de *Taxi Driver.*

— M., *aqui?* Em Toronto?— continuou.

— Sim — respondi.

Ele voltou a cruzar os braços e mudou o apoio de seu peso corporal, olhando fixamente para frente. Um sinal de que a conversa terminara.

— Ela é minha mulher — acrescentei.

Pausa. E então:

— M. é sua *mulher*? — disse ele.

E naquela curiosidade ouvi algo que suspeitava, às vezes, naquelas manhãs em que meus olhos se abriam e eu me conscientizava de que o sono, pelo menos naquele dia, era um trem de metrô em que eu não estaria mais. Ele parecia pensar: M. é casada com um fracassado como esse aí?

Senti que o chão se abria debaixo de mim. Pensei: "ninguém gosta de mim".

A porta do banheiro se abriu e um homem corpulento passou por mim, roçando meu ombro, sem pedir desculpas nem nada. Era apenas Harvey Keitel empurrando-me para a sala escura em uma linguagem corporal que dizia "e daí?". Alguns momentos depois, uma mulher jovem que parecia uma pombinha de seios grandes e cérebro pequeno — uma habitual nos festivais — saiu também, com a mesma aparência de sempre, isto é, parecendo burra e desejável.

"Até logo", disse De Niro, não porque fôssemos nos encontrar logo, mas apenas porque, como outros astros do cinema, ele não queria deixar atrás de si uma fogueira meio apagada. Ninguém quer que alguém apareça lá no escritório de SoHo dotado de boa memória e de uma Magnum 357.

Fui para casa com uma garçonete naquela noite — ela tinha um defeito de fala, resultante de uma tentativa fracassada de suicídio —, e a catástrofe foi completa.

Então, a vida sendo o que é, ganhei algumas rodadas necessárias para vencer. Fico meio zonzo quando penso o quanto a sorte me favoreceu naquele tempo. Consegui um emprego em um programa de televisão sobre filmes — o tipo de "conversa de bar", é claro, com o rigor intelectual de um cara que tem um martíni na mão. Só que o cara com o martíni na mão, por assim dizer, estava na televisão. O que, mesmo para os cretinos, confere uma estranha legitimidade a tudo. Eu tinha plena consciência da fraude, mas também tão pouco caráter que só podia me sentir encantado com aquilo.

Escrevi alguns livros, nenhum dos quais teve grande vendagem, mas apenas pelo fato de eles existirem no mundo, ainda que em poucos exemplares e nunca nas estantes da frente nas livrarias, já me fazia sentir que eu era um cara decente, que não havia acabado feito "aquele outro" cara.

Passaram-se muitos anos.

E então, em uma noite de setembro, no ano passado, quando o festival de cinema estava desencadeado em toda a cidade como um incêndio florestal, eu estava em um táxi, a caminho de encontrar alguns amigos para jantar. Passamos lentamente diante de um cinema. Era uma noite de gala, com holofotes girando na calçada, celebridades cinematográficas descendo de limusines, e eu me lembrei de como em outra época aquilo tudo fazia eu me sentir tão mal. Mas, de repente, com um lampejo de uma excitação quase física, pensei que se havia algum lugar merecedor de ser revisitado, era o Toronto Film Festival. Pensei como seria divertido mergulhar em minhas velhas feridas e nos problemas, sabendo que eu sobrevivera a eles.

Fui até o escritório do festival no dia seguinte. "Weiner" e minha ex-mulher M. há muito haviam ido embora, mas eu conhecia o novo diretor, Peter Jense, um homem agradável, que falava um inglês de sotaque não identificado. Disse a Peter que estava escrevendo um romance sobre os primeiros dias do festival e perguntei se poderia ficar por ali, observando um pouco — vi alguns filmes, algumas coletivas de imprensa, só para experimentar novamente "aquele sentimento". Ele disse que sim, é claro. Sua assistente, uma pequena bruxa cuja cabeça estava tão infectada com o *glamour* adquirido pela proximidade de celebridades que ela nem mesmo se preocupava em ser amável (os homens de sucesso frequentemente são monitorados por essas criaturas) me fez algumas perguntas impertinentes. Mas eu tratava com idiotas havia tanto tempo, que o encontro terminou com uma nota cooperativa e um punhado de passes e convites para festas.

Lembram-se do escritório banhado de luz? De todas aquelas pessoas jovens e ocupadas, do ruído das máquinas de escrever, do zumbido dos telefones, de Martin Scorsese na linha? As máquinas de escrever haviam desaparecido, mas o resto estava do mesmo jeito. Reconheci uma mulher de cabelos crespos que viera de uma cidadezinha do norte (de cabelos grisalhos e um xale, agora) e fui até sua mesa. Conversamos um pouco, mas após alguns minutos comecei a sentir uma estranha sensação, como se eu a estivesse aborrecendo ou impedindo-a de fazer algo, e pensei que era assim que eu costumava me sentir naquele escritório. Uma sensação de irrelevância. Mas isso foi há quase vinte e cinco anos. Olhei o rosto da mulher mais de perto. Ela não *parecia* estar aborrecida. Não. O problema era eu, estava em mim, como se algum veneno antigo que ficara guardado durante anos em uma garrafa especial do festival estivesse agora vazando lentamente em meu corpo devido a uma rachadura na rolha.

Encontrei-me sacando uma anedota meio batida sobre uma entrevista de George Harrison em Londres, e com cada pausa teatral eu me sentia mergulhando cada vez mais fundo. E novamente me perguntei por que estaria sentindo aquilo. E por que você está se comportando assim, suplicando pelo favor de uma mulher que mal conhece e que nunca lhe interessou, em primeiro lugar? E, no entanto, não podia me livrar daquela sensação. As luzes, a agitação, o toque dos telefones, tudo isso a havia originado. Era como se eu estivesse dentro daquela zona, como se fosse um prisioneiro.

Não me demorei muito ali, e quando o elevador desceu e passei pelo vestíbulo para sair e encontrar a branda luz de setembro, e assim que comecei a caminhar por uma ruazinha estreita, senti que aqueles sentimentos ruins se diluíam, como se um cinto fosse lentamente afrouxado sobre meu peito. "O que, afinal, era aquilo?", perguntei. Mas eu sabia o que era. E a simples ideia de que aquilo havia acontecido era sentida por mim como uma derrota, como se essa violenta resposta fosse um acidente pessoal, a *prova* de um acidente.

Voltei ao festival naquela noite. Fui assistir à estreia de um novo filme americano. O diretor, o roteirista, os produtores e os atores desfilaram pelo palco. Uma plateia brilhante aplaudiu em uma onda de excitação quase sagrada quando o astro, um ator de cara de bebê que vestia um terno branco, contou uma história sobre a última vez que estivera em Toronto, sobre um oficial da alfândega que lhe dissera: "Sou seu grande fã", e depois pedira seu RG. Ondas de riso na plateia. Que idiota! Dava para acreditar, pedir o RG dele?

Seguiu-se uma breve sessão de perguntas. O que o levou até esse material, conte alguma coisa divertida que tenha acontecido no *set* de filmagem, será que realmente importam as indicações para o Oscar?

E novamente senti a mesma coisa de antes. Aquele sentimento de estar sendo lentamente envenenado, de ter sido excluído de alguma coisa. De que a vida estava em outro lugar, lá em cima, naquele palco, e que eu, juntamente com todas aquelas anônimas pessoas da plateia, havíamos ficado atolados nos pântanos, na zona rasa.

Mas como, pensava, era possível ficar desesperado por estar à margem de algo em cujo interior não estava mais interessado em permanecer? Comecei a me ver como uma espécie de figura cômica, uma coleção de tiques nervosos incontroláveis e respostas sobre as quais eu, seu dono ostensivo, havia quase perdido o controle. E quais as consequências daquilo? Que havia algumas experiências que simplesmente eram grandes demais para ser apagadas, neutralizadas? Mas não estamos falando sobre um hospício, ou uma prisão ou uma câmara de torturas. Estamos falando sobre um maldito festival de cinema.

Durante toda a noite fiquei vagando, envolto em uma névoa tóxica. Peguei um táxi para ir ao evento pós-gala, à beira do lago — centenas de belos homens e mulheres, jovens, vestidos maravilhosamente, todos falando, todos encantados de estar lá. Passei entre eles como se fosse um fantasma, e então, quando cheguei à outra extremidade do salão, voltei-me e comecei a refazer meu caminho, novamente por entre a multidão. Eu conhecia muita gente. Apertei mãos, brinquei com as pessoas, mas sempre com aquela sensação de que elas estavam me impedindo de fazer alguma coisa, que havia algum outro lugar naquele salão em que eu devia estar, tendo outra conversa diferente.

E durante toda a noite parecia que eu estava andando em círculos pela suíte, no vigésimo sexto andar do Hyatt Plaza. Sabendo o que ia acontecer ali (mais do mesmo), ainda assim eu me sentia impelido a continuar, como se faz com a língua contra um dente quebrado. Mas a coisa estava me enfurecendo: estar à mercê de sentimentos tão irracionais e desagradáveis, após tantos anos, após uma vida decente e filhos encantadores, ter de retornar para aquele estado diminuído e faminto.

Vi Weiner em um grupo de políticos locais e de burocratas das artes. Weiner, um Joseph Goebbels mais velho, agora magro como se estivesse sendo consumido pela farra. (Alguém me contou que ele praticava corrida de longa distância, o estágio final da vida sem sexo.) Estava com seu bajulador, Billy, mantendo-se sempre próximo demais das pessoas. (Johnny havia morrido de um câncer nos testículos.)

Caminhei até eles. Estavam falando do desempenho de um ator, como fora esplêndido. Ambos riam, trocavam olhares entre si e depois riam ainda mais. Eles me viram. Os rostos se enrijeceram, polidamente. Conversamos um pouco — usei a palavra errada: as pessoas não conversam com caras como aqueles, só gracejam. Gracejamos um pouco, mas terá sido imaginação minha ou Weiner realmente se afastou de minha conversa antes do ponto de sua extinção lógica? Realmente será que ele se virou depressa demais (aquele homem do qual eu nem gostava) para dirigir a Billy uma observação, será que o roteiro do filme da tarde de terça-feira era um roteiro feito só para preencher um buraco? Billy deu uma risadinha, concordando, sacudiu a cabeça e disse:

— É tudo tão transparente!

E, então, eles foram embora e eu fiquei sozinho naquela multidão formada de noctívagos enquanto as luzes diminuíam e o volume das vozes crescia, e a cidade iluminada se exibia do outro lado da janela panorâmica na qual, lembrei, havia gotas de chuva outrora.

Então, vi minha filha. Como estava bonita em seu vestido de festa, com suas três melhores amigas! Elas irromperam no salão com tal ímpeto, que do lugar onde eu estava parado podia ouvir seu riso. E apenas vê-la disparou algo dentro de mim. Um instinto de sobrevivência. Pensei que eu não pertencia àquele lugar, e então tomei consciência de que não tinha importância o motivo de eu não pertencer, que não era algo que se pudesse consertar, antes algo sobre o qual se devia agir. Quando as costas daquelas belas jovens estavam voltadas para pedir drinques no bar entre gritinhos de surpresa e de juventude, deslizei pela porta pela qual entrara no salão. Atravessei apressadamente o vestíbulo para que ela não me visse. E, pela segunda vez naquele dia, pude lembrar o sufoco provocado por meu passado, e pela resposta de meu corpo a ele verifiquei que agora estava livre daquele sentimento. Vi M. parada perto do elevador. Ela estava com Catherine, a mãe de meu filho. Minhas duas ex-esposas indo tomar um drinque na suíte VIP. Em um mundo onde uma coisa assim, bela e civilizada, podia acontecer, havia somente uma conclusão: a fealdade estava em mim. Não no festival de cinema.

E quando cheguei à rua, com o fresco ar de setembro tocando meu rosto, e enquanto me apressava pela calçada, senti as coisas se afastando de mim. Era quase possível ouvi-las, como se fosse um carro velho se livrando de suas partes supérfluas. Nosso passado realmente é um país onde costumávamos viver. Não é possível não ter estado lá, mas com certeza você não precisa visitá-lo. E à medida que eu me afastava mais da palpitante joia do vigésimo sexto andar do Hyatt Plaza ("Ela é casada *com você?*"), atravessando uma onda de retardatários que vinham da direção oposta, comecei a me sentir melhor e mais leve. Porque eu havia, finalmente, *aprendido* algo, realmente, uma pequena estratégia que, dessa vez, poderia até ser duradoura. Tão simples, também: se um lugar nos faz sentir mal, não devemos voltar lá.

Portanto, é assim que a história termina. Deixei uma mensagem no correio de voz de minha filha quando cheguei em casa. Disse que tinha um monte de entradas para festas e filmes para dar a ela.

Exatamente um ano depois, novamente na época do festival, eu estava levando minha enteada de onze anos para casa, depois de uma festa de aniversário (naquele ano, havia rapazes). Tomei meu caminho habitual, pela Bloor Street. Passamos por um cinema — uma multidão estava reunida na calçada. Uma equipe de filmagem estava entrevistando um jovem barbudo. Um jovem que estava no topo do mundo de um jeito que talvez nunca mais pudesse acontecer. As pessoas se debruçavam sobre as cordas vermelhas, gritando seu nome, e a verdade é que eu senti novamente aquele puxão ligeiramente nauseante. Sentirei sempre. Mas não consegui afastar o olhar. Abaixei o vidro da janela e deixei meu olhar pairar sobre aquelas pessoas, sobre os rostos excitados, sobre suas mãos que se estendiam sobre as cordas. E, então, a luz do semáforo mudou, o cruzamento ficou vazio e o carro que estava à frente do meu deu a partida e mergulhou na noite.

4

A casa de espinha quebrada

Quando penso em minha juventude, vejo-me como um pássaro grande e desengonçado, da espécie dos que voam para dentro de uma casa, derrubando abajures, perturbando as pessoas nas refeições, e então, depois de alguns giros destrutivos pela sala, voltam para a janela e saem. É claro que eu não pensava isso de mim naquela época. Eu alimentava a ideia (e nem sempre na intimidade) de que minha vida era um romance, que "as pessoas" ficavam observando minha trajetória balançando a cabeça, cheias de admiração. *O que será que ele vai aprontar agora?* Fico ruborizado só de pensar nisso, porque a verdade, como todos nós sabemos, é que, exceto por minhas chegadas e saídas da casa, ninguém pensava muito em mim.

Estranhamente, com a passagem dos anos parece que a própria vida, e não eu, ficou parecida com um romance. Personagens aparecem e desaparecem, retornando à superfície depois em uma história, de um modo que frequentemente parece ficção. Quando *Guerra e Paz* foi lançado, em 1862, as irmãs de Tolstói se sentiram insultadas quando encontraram no livro transcrições fiéis das conversas que mantinham à mesa. A resposta dele foi dar de ombros. Se você não quer ler nada sobre si, não jante com um escritor.

Falando de *Guerra e Paz*, lembram-se de Justin Strawbridge, o garoto que me levou até a Place Pigalle no dia de minha execução pelas mãos de Clarissa Bentley? Lembram? Bem, vocês vão se surpreender. Porque foi uma coisa que me espantou enormemente.

Um ano depois de minha visita ao dormitório de meu antigo internato, minha mulher, Rachel, e eu, após uma ou duas semanas de troca de farpas, decidimos gozar umas férias juntos. E essas férias acabaram por me dar outra oportunidade, ainda que involuntária, para outra "volta ao passado".

Não havíamos planejado ir tão longe. Seria só uma coisa suficiente para quebrar os hábitos e limpar as cracas que crescem em qualquer casal se não prestarem atenção. Então, reservamos uma suíte vistosa e caríssima em um hotel campestre que ficava uma hora ao norte de nossa cidade. Realmente não poderíamos nos dar a esse luxo — o verão já havia sido bem caro (um telhado novo, um encanamento quebrado, filhos desempregados) —, mas também não poderíamos bancar um divórcio. Portanto, a decisão foi fácil. E funcionou. Fizemos caminhadas por uma floresta sombria, alugamos uma canoa à tarde, jogamos sinuca no salão do hotel, tivemos um jantar fabuloso, bebemos uma segunda garrafa de vinho no quarto, vagamos por ali em roupas íntimas e, afinal, dormimos como pedras enquanto o rio corria bem debaixo de nossa janela. No final de três dias, lembramos por que, afinal, havíamos gostado um do outro, antes de mais nada. Voltando para a cidade, mesmo depois de tão pouco tempo, até parecia que ela tinha ganhado uma nova demão de tinta.

Mas vejo que estou me antecipando. No caminho para fora da cidade, à medida que deixávamos a metrópole para trás e penetrávamos o verde da paisagem do campo, notei algumas coisas — um celeiro vermelho, um cruzamento deserto, um silo, um campo inclinado — que pareciam familiares, e, no entanto, distanciadas. Passando por uma sinalização da estrada — Sweet Cherry Lane —, lembrei que realmente eu estivera ali antes.

Nunca mais se faz amigos da mesma maneira que fazíamos quando éramos jovens. E mais tarde, na vida, quando por um motivo ou outro essas amizades desaparecem, são como um dente que falta. Nunca podem ser substituídas. A maior amizade de minha vida — e o maior desapontamento de minha vida — se chamou Justin Strawbridge.

Não podemos explicar por que gostamos de alguém, por que um melhor amigo é um melhor amigo. É uma coisa que sempre parece batida, que nunca parece ser convincente. É melhor agir como o filósofo francês do século XVI, Michel de Montaigne. Falando sobre a morte de seu melhor amigo, ele disse, em uma sentença única e devastadora: "*Si l'on me presse de dire pouquoi je l'aimais, je sens que cela ne peut s'exprimer qu'en répondant: parce que c'était lui, parce que c'était moi*". ("Se insistirem para que eu diga por que eu o amava, sinto que isso não pode ser expresso senão respondendo: porque ele era ele, e eu era eu.")

Quando tínhamos pouco mais de vinte anos, Justin e eu tivemos uma empolgação por uma garota polonesa (sexo de uma espécie destrutiva). Ela nos fez de bobos, e assim, deixamos de nos ver durante muitos e desperdiçados anos. E então, uma noite, mais de uma década depois, eu me senti nostalgicamente bêbado em um bar e telefonei para ele. Levei apenas alguns segundos para discar seu número, e mesmo enquanto ouvia a campainha do telefone comecei a pensar como era estranho que um gesto tão simples, tão rápido — discar um número — houvesse mantido afastados por uma década velhos amigos como nós.

Nós nos encontramos alguns dias depois em um clube escuro e sórdido de *striptease*, no centro da cidade. (A ideia foi dele.) Os anos o haviam marcado fisicamente. Estava magro, seboso, curvado sobre uma mesa de fórmica, lançando uma espécie de salada em sua boca com um garfinho de plástico pequeno demais. Disse-me que alugava um quarto no andar de cima do bar. Dois homens passaram pela mesa, usando jaquetas de couro marrom. Ele acenou para os dois, que se sentaram a um canto e ficaram olhando para nós.

Um deles disse alguma coisa e o outro riu, e eu tive a desagradável sensação de que estavam falando de mim. A garçonete veio nos atender segurando um pacotinho de notas de um dólar entre seus dedos de unhas pintadas de vermelho. Pedi uma cerveja. Justin deu uma olhada para ela, como se o simples ato de eu ter pedido isso o incomodasse.

— Bobby? — perguntou ela.

Estava falando com ele. Com Justin.

— Tudo bem comigo — ele respondeu.

A moça foi embora e parou perto do bar.

— *Bobby?* — perguntei.

— É assim que eles me chamam aqui. Bobby Blue.

Ele falou com uma ponta de agressivo orgulho, como se, por ter sido rebatizado com o nome de um cara durão, embora absurdo, fosse, para aquele garoto rico brincando de "marginal", uma espécie de feito glorioso. Isso sem falar de que me deixa nervoso ver pessoas mudando de nome — isso quase sempre mostra que há algo de errado com elas, um poço de mina cavado bem no meio de sua personalidade. Mas afastei o pensamento. Não queria saber daquilo naquele dia.

Conversamos sobre isso e aquilo, mas Justin parecia rígido, meio formal. Era como se, depois de meu telefonema, um *videotape* sobre o "incidente" com a garota polonesa (uma visita bêbada a altas horas da noite) houvesse se desencadeado em sua imaginação, fazendo seu pensamento assumir uma atitude intolerante. Pouco tempo depois, enquanto eu estava acenando com a cabeça, terminando suas sentenças, rindo de um jeito um tanto exagerado, notei um homem parado perto do bar, olhando para nós. Eu o havia visto quando entrara no local. Um corpo de halterofilista em um suéter preto de gola alta e um boné.

Justin largou seu garfinho pequeno demais e pegou o casaco que estava atrás dele, na cadeira.

— Já está indo? — perguntei.

Era uma atitude muito malcriada, e ele sabia disso, e por um segundo ficou meio indeciso.

— Vou encontrar minha mãe.

E ali estava novamente aquela expressão falsa, própria para agradar os pais, da qual eu desconfiava mesmo quando éramos crianças. (Sempre sinalizava a iminência de alguma traição.) Só que agora ele tinha trinta e cinco anos. Com o canto do olho fiquei observando quando foi se juntar ao homem, no bar. Justin Strawbridge, usando um comprido casaco de caubói, desapareceu na luz brilhante que vinha da porta de entrada, seguido por aquele macaco de boné.

"Que casaco mais absurdo!", pensei. "O que será que ele estava aprontando?"

Às vezes, porém, dá muito trabalho ficar zangado com um velho amigo, e acho que foi isso que aconteceu conosco. Novamente minha memória falha, não sei mais quem contatou quem, embora tenha a sensação de que foi Justin que telefonou. Por que, não tenho certeza, mas me parece que foi um último esforço para algum entendimento.

Seis meses depois, na primavera, eu estava dando um passeio de motocicleta por uma estrada do campo, a mesma Sweet Cherry Lane que mais tarde eu notaria do carro em que viajava com minha mulher. Dava para sentir o cheiro da grama quente. O horizonte estava pontuado de fazendas. Todo o mundo, parecia, nadava em um luxuriante vento verde. Em minha valise havia uma garrafa de uísque com uma cópia bem usada, do tipo "tijolão", de *Guerra e Paz* — na divina tradução de Constance Garnett. Eu queria dar ao meu velho amigo um gostinho do maior romance jamais escrito, mas também um lampejo de como eu era, do que eu gostava, do que me comovia e deliciava naquela época. Antecipando, até havia sublinhado algumas passagens. Fiquei imaginando uma possível leitura, altas horas da noite, meio bêbados — talvez um excerto sobre a fuga de Nicholas Rostov por entre as tropas francesas. Ou então, o monólogo da princesa Marya Bolkonsky sobre o fato de o amor nunca ter se aproximado dela — um capítulo tão comovente, que eu nunca o lera em voz alta, de medo de que minha garganta se fechasse e de que minha voz mostrasse um tremor embaraçoso.

Virando em uma estrada de pedregulhos pude ver Justin Strawbridge esperando, na distância. Por trás dele havia uma casa de espinha quebrada. E corvos sentados nos fios elétricos, acima de sua cabeça. Borboletas negras adejavam entre dentes-de-leão. Ele acenou uma vez e depois entrou rapidamente na casa. Foi assim que tudo começou.

Nós nos divertimos muito naquela noite com os rituais que velhos amigos inventam quando faz muito tempo que não se veem. Contamos histórias que ambos conhecíamos, e sabíamos que já conhecíamos, revisitamos velhas ressacas e velhas amantes, e velhos momentos infelizes, tudo colorido com cores fortes, tudo agradavelmente leve. Tocamos no "incidente" com a garota polonesa e, exceto por seu olhar ter se demorado em meu rosto um pouco mais do que devia, a noite foi avançando. Tocamos canções um para o outro, de álbuns que ninguém mais escutava.

Ouvindo *All My Loving*, dos Beatles, Justin disse:

— Nunca cheguei a gostar dessa música. Há uma coisa chata bem no meio dela.

Respondi:

— É como uma maçã. É chata como comer uma maçã.

— Exatamente.

— É tudo promessa, sem chegar a nada.

— Também não tem coro. Todas as melhores canções dos Beatles têm um grande coro.

— *I Saw Her Standing There.*

— *When I Get Home.*

— Existe alguma coisa melhor que *When I Get Home*? Os Beatles tocando Wilson Pickett.

— Inacreditável.

— Absolutamente inacreditável.

— *This Boy.*

— É melhor. *This Boy* tem um coro ainda melhor. Como pode alguém compor um coro desses?

Nesse ponto, caímos em uma risada deliciosa, sem nenhum motivo aparente.

Renovando seu drinque na cozinha, Justin disse:

— Se eu pedisse para você matar minha mãe, você me ajudaria?

Pausa.

— O que foi que você disse?

— Ela nunca suportou os Beatles.

— Você quer matar sua mãe porque ela não gosta dos Beatles?

— Não, quero matar minha mãe porque é uma puta.

Desse ponto em diante, a lembrança daquela noite só me vem em fragmentos, como se fosse um filme de vanguarda. (Acho que foi a mudança para o conhaque.) Falamos sobre Walt Whitman (um cara de Justin). Em pé, perto de sua biblioteca (uma coleção bem grande de livros de capa dura), ele leu para mim as estrofes finais de *Song of Myself*. Escutei com prazer, não porque eu desse alguma importância a Whitman (não dou mesmo), mas porque Justin Strawbridge estava ali, à minha frente, meu amigo de infância, e estávamos novamente à vontade um com o outro, como se somente algumas semanas houvessem se passado, e não mais de uma década. Como se uma parte de minha vida que eu achava estar perdida para sempre houvesse simplesmente *recomeçado.*

Meu Deus, como eu sentira falta dele!

Justin retirou um manuscrito de uma escrivaninha de mogno — eu tinha a sensação de já ter visto parte daquela mobília antes — e leu para mim uma seleção de poemas escritos por ele próprio. Estrofes que fingiam ter uma reverência açucarada pela natureza, o sentimento de divindade presente em todas as coisas vivas, o círculo das estações, a grande lua redonda. Era, do começo ao fim, merda — mas eu aplaudi e pedi mais.

Então, foi minha vez.

— Um pouco do que encontrei enquanto você estava longe.

Os olhos dele se fixaram novamente em mim. Li para ele os pensamentos do príncipe Andrei alguns segundos antes de uma granada explodir diante dele, na Batalha de Austerlitz:

> "Será que isto é a morte?", pensou o príncipe Andrei, com um sentimento totalmente novo e ansioso, olhando para a grama. Para os vermes e para a coluna de fumaça que se enroscava em torno da granada que rolava. "Não posso morrer, não quero morrer, eu amo a vida, amo esta grama e esta terra..."

Levantei os olhos com um sentimento de antecipação e vi que meu amigo estava olhando fixamente para outro cômodo da casa.

— Espere um pouco — disse, e foi depressa para a cozinha.

Sentado ali, ainda com o livro aberto nas mãos, senti uma pontinha de embaraço, mas também a sensação de ter tocado em algo delicado. E com essa sensação me veio à memória a lembrança desagradável de um incidente que acontecera alguns anos antes em um bar, na ilha da Martinica. Sozinho e bêbado, uma noite, iniciara uma conversa com uns marinheiros franceses que estavam de licença, e enquanto conversávamos íamos tomando mais drinques. À medida que a noite avançava, contara que era um "escritor", e para provar (como se precisasse provar), tirara de minha mochila um exemplar de meu primeiro romance — que havia acabado de ser publicado — e começara a exibi-lo. Um dos marinheiros tomara o livro das minhas mãos e começara a ler o primeiro capítulo em uma voz cantada, com seu sotaque francês, elevando-se na ponta dos pés — o bar estava transbordando de gente. Eu pegara o livro de volta, mas era tarde demais — o dano já estava feito, ele havia sido "violado".

Justin voltou para a sala animado e aliviado.

— Acho que perdi isso — disse.

Lembrando aquela noite na Martinica (temos que proteger as coisas preciosas na vida), discretamente fechei *Guerra e Paz* e deixei-o ficar na mesa, ao lado de minha cadeira. Justin parecia não ter notado, ou nem se lembrar mais do que estávamos fazendo.

A noite foi passando, e perto da meia-noite ele me levou para o andar de cima e me mostrou uma metralhadora que havia comprado pelo correio. Fomos até o pátio que havia no segundo andar. Na distância, dava para ver um único par de holofotes movendo-se na escuridão. Um céu de estrelas que pareciam agulhas. Um ar quente e mais denso que o da cidade, um cheiro que excitava.

Justin foi até a ponta do pátio, colocou a arma no ombro e disparou uma rodada ensurdecedora da automática no gramado que ficava lá embaixo. Podíamos ver tufos de grama e torrões de terra pulando como ouriços. Em torno de nós o ar ficara cinzento com a fumaça e cheirava a pólvora.

— Esses filhos da puta — disse ele.

Acordei no dia seguinte em um cômodo arejado, no térreo. Via pela janela a rampa de acesso à casa, e por trás dela o campo salpicado de dentes-de-leão e de margaridas. O sol já estava alto no céu, podia ser de tarde. Abelhas zumbiam no beiral do telhado. Havia anos eu não me embebedava com bebidas fortes, e quando sentei na cama foi como se uma bandeja de prata houvesse deslizado por minha cabeça, chocando-se com a frente de minha espinha. Fiquei preocupado com a possibilidade de ter danificado meu cérebro.

Encontrei Justin na cozinha. Estava sentado perto da mesa, batendo com uma lâmina de barbear em um pó cinzento. Tinha uma expressão sinistra, de uma forma estranhamente proposital.

Peguei minha cópia de *Guerra e Paz* da mesa e estava a ponto de guardá-la novamente na mochila quando ele disse:

— Não agora.

Coloquei-a novamente sobre a mesa. Após um momento, perguntei:

— O que é isso aí?

— TCP.

— Para que serve?

Ele ignorou minha pergunta.

— Será que funciona para ressaca? — perguntei, esperançoso.

Um sorriso leve, irônico.

— Vai deixá-lo mais burro, mas vale a pena.

Vinte minutos depois eu estava deitado no campo de dentes-de-leão, atrás da casa. Nauseado, suando, com uma sensação horrível, a de uma vida desperdiçada, agarrando meu coração.

— Eu tomei algo que pode me matar? — perguntei.

Justin estava sentado perto de mim, despreocupado, mastigando um talo de capim.

— O quê? — disse ele.

— O que é essa coisa, TCP?

— Não adiantaria eu dizer para você.

Eu disse:

— Meu coração está disparado. Não vou ter um ataque cardíaco, não é?

— Acho que não.

— Melhor ir para o hospital?

— O dia está tão bonito — disse ele —, não precisa ficar assim. Você leva tudo a sério demais.

— Só me diga, por favor, devo me preocupar com alguma coisa? Vou morrer por causa dessa droga?

Voltando seus olhos azuis para mim, ele disse:

— Vai, se não rezar comigo.

E então, ele fez a coisa mais extraordinária. Tirou toda a roupa, a camisa, a calça, a cueca, e começou a fazer uma série de cambalhotas obscenas, como se fosse um verme rolando pelos dentes-de-leão, sob a brilhante luz do sol do verão. Era evidente que meu amigo de infância ficara completamente louco.

Ajoelhando-se como se estivesse em uma igreja, ele juntou as mãos e começou a rezar: *Pai Nosso que estais no céu...*

— O que significa TCP? — perguntei.

— *Santificado seja vosso nome. Venha a nós o vosso reino...*

— Justin! TCP! O que significa?

Ele parou de repente. Seu olhar me fixou novamente, com prismas fraturados em uma face suada.

— Você não devia nunca ter fodido com ela — disse quase com arrependimento, como se dissesse "foi muito ruim o que aconteceu com você, mas você pediu para que acontecesse".

Começou a voltar para a casa, totalmente nu, carregando suas roupas.

— Não devia nunca ter fodido com ela! — repetiu sem olhar para trás.

Um momento depois, desapareceu em seu carro, tomando a estrada, com uma nuvem de poeira levantada atrás de si. O zumbido das cigarras elevou-se, caindo sobre os prados amarelos.

Voltei para a casa da fazenda e fui me deitar no dormitório branco. O tempo foi passando. O quarto estava mais fresco. O céu escurecia. Levantei para ir ao banheiro. Bebi três copos d'água, de um copo destinado à escova de dentes. Olhei pela janela — a cidade brilhava como uma geladeira para além dos campos escuros.

Eu estava me deixando levar, naquele exato momento entre o sono e a vigília, quando nossos pensamentos parecem esquecer a quem pertencem e como um bando de veados assustados parte em uma direção diferente. O som de uma porta de carro batendo me acordou. Havia vozes e as notas musicais de um instrumento de sopro. Quando olhei pela janela, vi isto: um homem atarracado, de boné, tocava uma flauta, enquanto Justin dançava desajeitadamente, como um urso, na trilha de acesso à casa.

Saí para a varanda.

— Quero lhe apresentar alguém — disse Justin.

O homem do boné tirou a flauta dos lábios vermelhos e cheios. Era o homem que eu vira no clube de *striptease*. Uma pancada súbita atingiu meu coração. Sabemos que não é bom olhar muito tempo para os olhos de algumas pessoas.

— Duane Hickok — disse Justin.

Apertei a mão dele, evitando seu olhar, temendo que ele sentisse o cheiro do medo em mim, como faz um cão. Não sei dizer por que ele me assustava tanto, exceto por ter sentido que era capaz de uma espécie de violência cujos limites ultrapassavam em muito minha experiência, indo muito além até das minhas fantasias de vingança das quatro horas da manhã. Um homem que podia dar um chute na boca da gente sem que nem seu pulso se acelerasse. Além disso, eu suspeitava, ou melhor, intuía em nível animal, que não dava para ter certeza absoluta do que poderia despertar essa violência — uma observação, um olhar, um gesto de "desrespeito", nunca saberíamos, até o momento de ele nos atacar.

Voltei para dentro da casa e fiz um gesto, chamando Justin em particular.

— Você não pode deixar esse homem entrar na casa — sussurrei.

Pálido, com um hálito metálico, Justin arredondou os olhos com aquela expressão de surpresa que agradava os pais.

— Por que não?

Acho que não respondi nada, mas senti algo despencando dentro de mim. Voltei para meu quarto, guardei *Guerra e Paz* junto com minha escova de dentes, deixando lá o livro de "poesia" de edição própria de Justin (aceita com tanta exuberância na noite anterior) e logo mais estava descendo a rampa de acesso, enquanto escurecia. Podia ouvir o barulho das pedras esmagadas sob minha motocicleta. Justin, de testa enrugada com expressão de culpa, estava parado na escada da varanda, com a mão levantada em um gesto de adeus. (Onde eu havia visto aquele gesto? Sim, claro. Em *O Grande Gatsby*.)

Parei na junção com a estrada principal. Justin e Duane haviam entrado na casa que estava agora toda acesa, com a luz saindo pelas janelas e se espalhando pelo gramado. Estava tudo muito quieto lá. Mas eu podia ouvir o zumbido da eletricidade passando pelos fios grossos, por cima de minha cabeça. Por um ou dois segundos, fiquei pensando se não devia voltar para a casa da fazenda. Eu sentia que, se não voltasse, a ferida que havia entre nós endureceria, como cimento. Mas eu sabia também que não devia. Sabia que era mais seguro dirigir até a cidade, mesmo estando drogado e agitado, no escuro, em uma motocicleta, do que ficar naquela casa, naquela noite, com meu velho amigo.

Por mais estranho que pareça, não consigo lembrar o que foi que ouvi a seguir. Era o toque de um telefone? Simplesmente não sei. Mas eis o que li no jornal alguns dias depois: logo após minha saída, Justin disparou uma rajada de sua metralhadora bem na boca de Duane. A massa encefálica se espalhou nos livros da biblioteca. Várias horas depois (é isso, *horas*), a polícia local foi chamada. Ao chegar, os policiais observaram que o corpo havia sido "mexido". Quer dizer, arrastado da sala para a cozinha e desta para a varanda. O lugar estava em desordem: mobília quebrada, abajures revirados, uma valiosa guitarra espanhola cortada bem no pescoço. Um detalhe, principalmente, chamou sua atenção: dado o lugar onde Justin dizia estar, em pé, quando a arma foi descarregada, (em autodefesa; no tapete persa, havia uma faca de entalhar), a massa encefálica parecia estar na parte *errada* da parede.

Uma mulher loura com olhos de serpente embriagada estava também na casa. Era a mãe de Justin. Descobriram que ela morava logo ali, na estrada, mais embaixo. Um advogado também estava presente.

Por volta da meia-noite do dia seguinte, Justin entrava como paciente no Bosley Centre for Criminal Psychiatry, em Toronto, o qual, por uma coincidência literária demais para se mencionar, dava para a *cozinha* de meu apartamento, a algumas quadras dali. Na realidade, acho que na primeira noite, no dia seguinte ao crime, eu o vi parado perto da janela de seu próprio "quarto". Ele mantinha as mãos nos bolsos e não acho que soubesse que eu morava ali perto.

Nunca depus na polícia. Suspeitei sempre de que foi ideia da mãe de Justin deixar-me longe dos policiais, porque ela pensava, como somente as pessoas más pensam, que eu poderia fazer a ela e ao filho o que ela, sem dúvida alguma, faria a mim se nossas posições fossem invertidas. E mais de uma vez acordei no meio da noite com o coração disparado pensando que ela poderia — pelo menos *tentaria* — implicar-me no assassinato. Digo "assassinato" porque sei que foi assim. Sabia disso então, e sei disso hoje. E ambos sabem que eu sei.

Nos dias seguintes, avistando o Bosley Centre indistintamente entre os trilhos do bonde, li mais sobre o caso; Duane, na época de sua morte, estava solto sob fiança pelo sequestro e tortura de uma prostituta, bem como pela tentativa de assassinato de sua própria mãe com um martelo. O que explicava, tenho certeza, o fato de o cabelo ficar em pé em minha nuca quando eu o encontrava. Nossos instintos não existem inutilmente — eles nos mantêm vivos. Em uma palavra, Justin Strawbridge fora à cidade naquele dia para trazer consigo o diabo. Tenho pensado muito se ele o fez de propósito, se ele se preparou naquele dia para destruir sua própria vida.

O jornal dizia que a polícia descobrira um esconderijo de armas na casa da fazenda: dois revólveres .38, um chicote metalizado, uma segunda metralhadora, uma estrela da morte de Taiwan e "uma arma de decapitação". Uma coisa bem banal, um rapaz rico que usa drogas especiais e faz coleção de armas, tudo pago com o dinheiro da mãe.

— É tudo que um rapaz precisa para viver no campo — disse M., minha primeira ex-mulher.

E acrescentou:

— Por falar nisso, ele gostou de *Guerra e Paz*?

— Não chegamos a falar do livro.

— Agora ele vai ter tempo para isso, acho.

Ela costumava implicar com ele na universidade.

Vi Justin só uma vez mais depois de vislumbrá-lo na janela do hospício. Foi no julgamento do assassinato, um ano depois. Deparei com ele no banheiro do tribunal, na hora do almoço — estava inchado e abatido, com um cabelo cortado rente e um terno cinza caríssimo. Engordara e ainda exalava aquele odor metálico. Parado perto do mictório, perto de mim, deu uma rápida olhada em torno para ver se estávamos sozinhos e murmurou:

— Duane Hickok pagou o preço devido por ter arrebentado minha guitarra.

E deu uma piscada!

Não voltei para o tribunal depois daquilo. Foi uma coisa que fez explodir emoções demasiadas e confusas em mim. Uma parte de mim, na verdade a maior parte de mim, queria que ele fosse condenado. Eu não conseguia tirar da cabeça a revoltante imagem de ele fazendo acrobacias no campo de dentes-de-leão. E me sentia desolado por aquele rapaz que eu adorara como a nenhum outro, na juventude, e a quem eu invejara, e até procurara ocasionalmente imitar, por aquele Justin ter se transformado em um cagão inútil e parasita (Walt Whitman, que nada), um pretenso músico, um pretenso poeta agora amarrado para sempre à sua mãe no mais doentio dos nós ("Eu sei o que você fez!"), e, portanto, nunca livre para ser algo mais que seu filho fracassado.

Disseram-me que a mãe dele pagara 105 mil a um elegante advogado WASP, um sujeito arrogante que usava um terno marrom que o fazia parecer um leão-marinho superalimentado. A sra. Strawbridge não queria que "algum judeu fantasioso se exibisse nos degraus do tribunal". Certamente o filho dela precisava de um advogado esperto. E aquela massa encefálica na parte errada da parede? E como se explicaria ele ter arrastado o cadáver para o andar térreo? Eles fizeram tudo, menos enfiar um charuto em sua boca e fazê-lo dançar.

Após deliberarem por cinco dias, os membros do júri decidiram que Justin era culpado em primeiro grau pela morte, mas não de assassinato, como havia sido declarado na incriminação original. Eles deviam saber, aqueles doze canadenses comuns, que havia algo de podre naquilo tudo, mas não tiveram coragem para se decidir por uma incriminação de assassinato. E, sim, eu *fiquei mesmo* desapontado, por mais terrível que seja dizer isso. Eu queria que algo ruim acontecesse a ele. Justin acabou cumprindo uma pena de dezoito meses em uma prisão de segurança mínima e depois se mudou para o norte, para uma cidadezinha de Ontário, onde sua mãe vive até hoje.

Eu estava explicando tudo isso para minha mulher, olhando a casa com a espinha quebrada no fundo do campo de dentes-de-leão. Antes ela se parecia com a casa do filme *Psicose*, de Hitchcock, mas naquele momento não parecia mais. Um corvo crocitou em uma cerca de fazenda. Na distância, um trator se movimentava pelos campos de canola, verdes e dourados. Era uma cena tranquila. Um raio de sol brilhou, refletido no para-brisa de um carro que passava. Não havia horror ali, nem sombra de morte. Até mesmo a imagem de meu amigo nu fazendo acrobacias entre os dentes-de-leão perdera sua carga elétrica. Eu havia esperado por mais, um arrepio, *algo*, mas tudo simplesmente desaparecera.

Três crianças saíram da casa, borbulhando pela escada da varanda. Uma delas, uma menina magra feito um lápis, de cabelo louro e *short* cor-de-rosa, gritou — o vento carregou o grito até nós — e rompeu pelo campo, com os irmãos a perseguindo. Depois de correr uns cinquenta metros só pelo gosto de correr, deu um salto no ar e sacudiu-se como se fosse um peixe saltando da água. E então, de pura excitação por estar viva e ao ar livre, gritou de novo. E me lembrou de minha própria filha, já crescida então, mas que outrora fora uma criança como aquela, tão volátil e operística. Fora *nela*, lembrei, que eu pensara naquele dia trágico, no campo de dentes-de-leão, quando meu peito estava tomado por aquela terrível droga; foi o medo de que eu pudesse não estar presente na vida dela. Mas eu não faltara. Foi uma sorte. Essa era a palavra. Sorte. Às vezes é onde todas as coisas vão dar. Justin Strawbridge tinha uma mãe como a sua. Eu tinha uma mãe como a minha.

E lembrando-me de Justin abatido no tribunal, com seu tolo corte de cabelo, sua boca cheia de mentiras, sua testa enrugada quando se dirigia ao juiz, também me lembrei — e disse minha mulher — de outro Justin Strawbridge.

Quando eu tinha catorze anos, a família de Justin e a minha foram a um local muito elegante, lá para o norte, passar as férias de Natal. Esqui, jogar bolas de neve, corridas de trenós e jantares de gala. Havia uma garota americana, um ano mais velha do que nós, magrinha, com um rosto ossudo, um topete de cabelo louro e dentes salientes. Era de Arkansas, acho. Falava com um sotaque lento e nasal, como se estivesse se divertindo um pouco com tudo, sempre. As pessoas *sexy* criam mistério, mas ela estava tão à vontade conosco — e, portanto, nós com ela — que bem poderia ser um dos rapazes. Exceto pelo fato de não ser. Quem poderia esquecer seu nome? Hailey Beauregard.

Devia estar lá com os pais, mas não me lembro deles. Durante uma semana percorremos o hotel juntos, Justin e eu, apaixonados por ela. Uma noite, Hailey nos levou até seu quarto e experimentou um vestido azul diante de nós ("Virem de costas agora!") — estava planejando usá-lo na última noite dos feriados, com seus braços ossudos surgindo do modelo sem mangas. Estava suando. Lembro bem, eu podia sentir o cheiro dela e tentava sentar mais perto, para poder aproveitá-lo.

Na noite do último sábado houve uma festa de despedida no salão de baile. Uma orquestra local tocava músicas de Benny Goodman. Meus pais dançaram. E Justin também. Uma lua cheia estava pendurada no céu, lá fora, e o ar frio tornava mais claros o lago e as árvores.

Mas então, como uma concessão à "juventude", a orquestra mudou para uma versão da canção de sucesso de Chubby Checker, *The Twist*, que fora lançada alguns anos antes, e provocou um novo e delirante estilo de dança. Pareciam pessoas secando traseiros com toalhas imaginárias, mas, naquela época, funcionava como um poderoso estímulo para se colocar as mãos debaixo da blusa de alguma garota adolescente e suada. Por uma sorte especial, era minha vez de dançar com Hailey quando os compassos iniciais do saxofone daquela canção soaram provenientes do palco. Arrebatado pela excitação, girando e volteando, eu imaginava que estava fazendo um figurão — a própria imagem da juventude vanguardista, da modernidade e de Deus sabe o que mais. A multidão se afastava de mim. Tanta atenção, tanta apreciação nos lábios de estranhos! E eu continuava a rodar, a rodar cada vez mais. Estava envolto em felicidade.

A canção terminou, os acordes finais se extinguiram. A orquestra dava sorrisos cheios de espírito esportivo, a audiência aplaudia — todo mundo, isto é, exceto uma mulherzinha de olhos escuros, no fundo do vestíbulo. Fiz uma leve curvatura. Com o coração disparado na garganta, minha camisa empapada, eu olhava para todos, para cada um deles, esperando *mais*. Mas, gradualmente, pouco a pouco, como se fosse um navio fazendo água e afundando lentamente, notei que ninguém parecia estar olhando *para mim*.

Naquele segundo, exatamente naquele segundo, como se meus pensamentos houvessem sido lidos, senti uma mão em meu ombro. Era apenas Justin Strawbridge, e a pressão leve de seus dedos, o olhar quase maternal em seu rosto, me disseram tudo que eu precisava saber: que todos aqueles rostos brancos que enchiam a sala estavam fascinados pela figura que estava ao meu lado, a garota magricela que usava um vestido azul sem mangas. Era a ela que aplaudiam.

Olhei para Justin. Um garoto menos corajoso que ele teria derretido no meio da multidão, teria lavado as mãos no que se referia a mim (parecia que todos os que estavam no salão também haviam percebido meu engano, exatamente no mesmo momento). Mas ele não queria me deixar balançando sozinho em meu embaraço público.

É preciso ter muita coragem para fazer algo como aquilo, principalmente quando se é jovem.

Mesmo após nossa ruptura, quando o dano causado por aquele incidente no campo de dentes-de-leão se tornou tão profundo que não havia mais remédio algum, quando nosso relacionamento já estava totalmente arruinado, eu sempre guardei aquele momento no salão de baile, coloquei-o ao lado de toda a sordidez do que acontecera depois. A inata "grandeza" de sua alma antes que seus loucos apetites o poluíssem elevou-se livremente até a superfície. Ele era todas as coisas que eu havia imaginado no dia em que o olhei pela primeira vez, na porta de uma sala de aula, uma criatura cuja perfeição parecia ser tão casual, tão inevitável, que senti uma onda de pânico ao pensar que eu poderia ser excluído de seu brilho.

5

Minha vida com Tolstói

Foi uma viagem de maus presságios. Não se viaja para a Jamaica em agosto — a não ser que se haja nascido lá. Quente demais. E aqueles galos!

Eu queria voltar, porque seis meses antes havia me divertido muito lá. Peguei um bronzeado ótimo, dancei na praia, perdi nove quilos (toda aquela anfetamina) e tive um caso com uma magricela, amiga de minha ex-mulher. Mas, ao voltar para casa, tudo havia voltado a ser a mesma coisa, de uma forma doentia. Então, penhorei uma peça de valor da família e comprei uma passagem aérea promocional. Três semanas, nada de mudança. M., minha ex-mulher, fez um jantar naquela noite, antes de minha partida. Nossa filha de sete anos apareceu na cozinha vestindo um velho conjuntinho rosa e fez para mim o desenho de uma cobra usando uma cartola. "Para dar sorte", disse. Ela sabia que eu tinha medo de voar.

— Não diga nada — disse M. — Faça uma tentativa só.

Ela tinha alguma coisa na mão.

E atirou na mesa, à minha frente, um romance grosso e brilhante. *Guerra e Paz* era um livro que eu evitara ler em toda a minha vida, um livro que, como o de Proust, é adequado somente para quem está cumprindo uma rígida pena de prisão. Mas eu amava M. e sabia que ela me amava, e por isso enfiei o livro na mochila na manhã do dia seguinte (Cristo, o que você está levando aí, um tijolo?) e fui para o aeroporto.

Isso foi em 1988. Eu tinha trinta e oito anos.

Não gosto muito de aeroportos quando é de manhã bem cedo. Nessa hora, há no rosto das pessoas uma alarmante qualidade, uma brutalidade rósea que extingue qualquer apetite por uma conversa. Entalado no fim de uma longa fila para fazer o *check in*, puxei *Guerra e Paz* de minha mochila e comecei a examinar sua capa. Um soldado russo surgia montado em um cavalo, entre tropas e fumaça de canhão, baionetas ao fundo.

— Esse é um livro maravilhoso — disse uma vozinha.

Atrás de mim, uma senhora de idade apontava um dedo para meu livro. Dava para ver que não era pessoa de se intrometer na vida de um estranho, mas, de alguma forma, a ocasião justificava sua atitude, quase como se eu estivesse segurando a foto de alguém que ela conhecesse.

— Já li esse livro três vezes — disse ela. E acrescentou: — Estou me preparando para lê-lo pela quarta vez.

— Já o leu três vezes?

— Tento lê-lo a cada cinco anos.

No dia seguinte, acordei com ressaca em um hotelzinho da Jamaica. Estava no mesmo quarto ensolarado que ocupara com tanta felicidade somente seis meses antes (só que então não estava sozinho), com o mesmo calor abafado tentando passar pela porta como se fosse um homem gordo. Um cachorro latia despreocupado no pátio lá de baixo — mas não conseguia lembrar por que, afinal, me parecera tão religiosamente importante voltar para aquele lugar. Fiquei deitado de lado, como um animal ferido, esperando ser salvo por um segundo sono. Quando essa esperança se esvaiu, abri *Guerra e Paz*, e defronte da parede branca de estuque, com o suor já escorrendo por meu peito, comecei a ler. Estamos em uma reunião social na luxuosa residência de Anna Pavlovna, em São Petersburgo — uma mexeriqueira confidente de poderosos da corte russa. Ano de 1805, as conversas são sobre a guerra e Napoleão. "Bem, meu príncipe, Gênova e Lucca agora são apenas propriedades privadas da família Bonaparte..."

Tenho conservado aquela cópia de *Guerra e Paz*, quinhentas páginas de espinha quebrada mantidas juntas por meio de um elástico. Não posso me permitir jogá-la fora (embora eu saiba que é isso que meus filhos farão vinte minutos após minha morte). Fiz uma marca ao lado do parágrafo a partir do qual, mesmo atordoado por uma ressaca de rum branco, comecei a prestar uma atenção aguda ao que lia. Eu esperara, como se faz com os romances do século XIX, sentir uma espécie de bela chateação. Em vez disso, após algumas páginas somente, experimentei um daqueles momentos em que ficamos apenas ouvindo parcialmente o que nos diz alguém que não levamos a sério, e então, subitamente, essa pessoa nos diz algo tão inteligente, tão verdadeiro, que nos atinge fisicamente, como o som de algum caríssimo tecido se rasgando, e percebemos *tout d'un coup* que a havíamos subestimado totalmente. Três dias depois, dei comigo parando um estranho na rua, perto de meu hotel, e perguntando: "Já leu esta coisa danada?".

Eu era o único hóspede do hotel. Todo o pessoal de serviço voltara para suas casas, em cidades vizinhas. Ficara somente o dono, um ex-policial de peito largo, e um *barman* magérrimo que fazia as vezes de cozinheiro também. E eu, naturalmente, vagando, subindo e descendo escadas com *Guerra e Paz* na mão. Tomando sozinho o café da manhã no salão de jantar. Caminhando até a praia onde garotas italianas de *topless* jogavam vôlei na areia enquanto eu, como aquele pobre diabo de *Morte em Veneza,* lia à sombra e esperava pelo almoço. Parece ruim, mas não era. Porque eu tinha *Guerra e Paz* e ele me tirava da depressão, como se eu estivesse em um trilho. Enquanto as garotas se deliciavam nas ondas ("*Tonio! Vieni, amore! Vieni!*"), eu seguia as peripécias de um punhado de aristocratas russos às vésperas da Batalha de Shöngrabern. O desajeitado e bastardo Pierre Bezukov ganha uma enorme herança que o transforma do dia para a noite no mais atraente dos solteiros de São Petersburgo. Uma adolescente, Natasha Rostova (cujo nome há quase 150 anos vem sendo dado pelos homens a suas filhas) vibra com o espetáculo dado por seu pai, que dança em um baile da corte.

> — Olhem só o papai — gritou Natasha para todo o salão (esquecendo totalmente que estava dançando com um parceiro adulto). E abaixando-se até sua cabeça cacheada tocar os joelhos, ela rompeu em um riso estridente que encheu o vestíbulo.

Então, vêm as grandes batalhas. O educado conde Nicholai Rostov (irmão querido de Natasha) entra em combate pela primeira vez na vida. Quem, antes de Tolstói, escreveu um parágrafo como este?

> Ele ficou olhando o francês que se aproximava, e embora somente havia alguns segundos desejasse chegar até aqueles franceses e fazê-los em pedaços, o fato de eles estarem agora tão perto parecia-lhe tão horrível, que ele mal conseguia acreditar no que via. "Quem são eles? Por que estão correndo? Pode ser para me pegar? Podem estar correndo para me alcançar? E para quê? Para me matar? Eu, de quem todo mundo gosta tanto." Lembrou-se do amor de sua mãe, do amor de sua família, e pareceu-lhe impossível que o inimigo tivesse a intenção de matá-lo. Sacou sua pistola, e em vez de dispará-la, atirou-a contra o soldado francês e correu para o arvoredo com todas as suas forças.

Anos depois, tive uma antipatia instintiva por uma produtora de televisão que uma tarde virou seu rosto encantador e carreirista para mim e proclamou que as cenas de batalha em *Guerra e Paz* a haviam "chateado" (sua ascensão na hierarquia da televisão internacional permanece inigualável, lamentavelmente). Mas, quando fiz a infalível pergunta sobre *G e P* ao seu marido, uma personalidade local de cabelo espetado que sempre me parecera uma chispa articulada, ele levantou os ombros em um gesto casual e disse: "É o maior romance de todos os tempos". Desde essa época eu o tenho adorado.

Como a atuação de Christopher Walken ou os filmes de Éric Rohmer, a obra-prima de Tolstói funciona como um ímã para opiniões tolas. Sempre foi assim. Quando foi publicada, em 1869, um bom número de críticos de Moscou o denunciou, alguns por conter termos franceses em demasia, outros por ser a autovisão de um aristocrata. Um cara rancoroso o atacou por "não ser um romance nem uma novela". Mais surpreendente, porém, foi o que disse Turguenev, que descreveu os primeiros vinte e oito capítulos assim: "Essa coisa é definitivamente ruim, aborrecida e um fracasso... Todos esses pequenos detalhes, transcritos com tanta habilidade, essas observações psicológicas que o autor extrai dos sovacos dos seus heróis em nome da verossimilhança, tudo isso é sórdido e trivial".

Sovaco dos heróis? Uau. Parece que o cara perdeu o barco. Não importa. Joseph Stalin gostava tanto de *G & P,* que durante a invasão nazista reformou os uniformes militares do país — ombreiras douradas, jaquetas vermelhas e brancas, calças com guarnições — para que se parecessem mais com os uniformes do romance.

Em uma escala histórica menor, M. e eu fomos fazer compras de material escolar para nossa então filha adolescente (que não usava mais conjuntinhos cor-de-rosa). Entrevistamos um homem, o chefe de um reputado departamento de inglês, que, depois de pensar um pouco, disse que não gostava muito de Tolstói. "Nada disso", disse cruzando as pernas e os braços com um ar desafiador. Escolhemos outra escola. Outra vez, entrevistando o "romancista" Ken Follet, ele fez uma confidência: *Anna Karenina* era *ok*, mas ele absolutamente não gostava de *Guerra e Paz.* Tudo isso dito com cara limpa por um homem que nos deu *The Hammer of Eden.*

Voltando à Jamaica: no final da tarde, eu voltava da praia, eram duas milhas, e tirava uma soneca em minha caixinha quente e branca. No pátio, os cães dormiam à sombra. Quando acordava, o sol já havia ido embora, mas o quarto ainda estava abafado. Cambaleando, eu ia até o pátio com meu livro, acendia a luz e sentava em uma espreguiçadeira. Uma lua redonda erguia-se no céu enquanto um príncipe Andrei Bolkonsky, cansado do mundo (uma cena que me dá arrepios só de lembrar), abria as venezianas para uma bela noite estrelada e ouvia a voz encantadora de uma garota, Natasha, no andar de cima. "Olhe só que beleza! Que coisa gloriosa! Acorde, Sonya" — parecia que havia lágrimas em sua voz. "Não houve nunca, nunca, uma noite tão bela."

E assim a história continuava, uma experiência tão terna e apaixonante de leitura (a compaixão de Tolstói por seus personagens tem a vitalidade de uma mãe que sofre pelo próprio filho). Durante horas seguidas essa experiência me fazia esquecer o que havia de sombrio naquela sensação de Carnaval passado fora da cidade que aquele *resort* caribenho me dava na baixa estação. Tolstói é um dos grandes artistas literários. Se imaginarmos um romance (e não sejamos demasiado bombásticos nisso) como uma série de acordes musicais, então Tolstói, mais que qualquer outro escritor que conheço, entendia exatamente de qual acorde o leitor precisava, realmente precisava, para ouvir o que seguia — a perfeita consumação da progressão. É por esse motivo que ele é capaz de deixar o leitor tão delirantemente feliz. (Ao contrário de Tchecov, que, com Charlie Parker, segue uma série de mudanças imprevisíveis de acordes que parecem tornar seus contos ao mesmo tempo atonais e completamente parecidos com a realidade.)

Escrever *Guerra e Paz* foi um trabalho feliz para Tolstói. Podemos sentir isso em sua prosa, no inefável *lift* de algumas das 125 cenas do livro. Ele já era bem famoso como escritor quando começou a escrevê-lo, em 1862. Dois outros romances seus, *Juventude* e *Os cossacos*, já haviam sido publicados em revistas literárias, com grande sucesso. As pessoas se perguntavam: "Quem é esse cara?". E, ao contrário de seu contemporâneo Dostoiévski, o conde Lev Nicoláievich Tolstói não tinha nenhuma preocupação financeira. Era um aristocrata rico e independente que vivia em uma propriedade rural de quatro mil acres com uma mulher que, pelo menos naquela época, o adorava e acreditava ardentemente em sua genialidade. Sofia confiava ao seu diário: "Ouso dizer que não há ninguém em um milhão de pessoas que seja tão feliz como nós (...) Não há nada que me impressione tanto como as ideias e o talento dele.". E o que parece hoje inacreditável é que Sofia tenha copiado sete vezes a maior parte do manuscrito de *Guerra e Paz*, que tinha 1.500 páginas. Escrevia também: "Será que eu mudei, ou o livro é realmente muito bom?". Tolstói nunca se sentiu mais feliz que naquele tempo e nunca mais escreveu tão bem.

Uma manhã, entrei apressadamente no restaurante do hotel e vi um jovem extraordinariamente bonito sentado a uma das mesas, tomando café. Eu acabara de ler o capítulo em que Rostov faz um passeio noturno de trenó com a jovem Sonya, sob o luar, ouvindo o tilintar dos sininhos dos cavalos. Uma cena que me encantara tanto, excitara tanto minha fé no amor romântico, a ideia de que todas as coisas ainda eram possíveis mesmo para mim, que eu não conseguia ficar sentado e finalmente saí do quarto. E agora, vejam só, um ser humano! Bronzeado, com um nariz romano, dentes perfeitos, ele parecia um astro de cinema. Quando abriu a boca para responder ao meu cumprimento, ouvi um suave sotaque australiano. Fiz um monte de perguntas a ele. Era um músico em férias. Que beleza. E a sua banda tem tido sucesso? Muito. Vocês tocam em bailes e coisas do gênero? Não, só em estádios. Estádios? "Estou com o Midnight Oil", ele me disse, meio timidamente.

Ficou três dias no hotel. Tomamos juntos o café da manhã todos os dias, e eu aproveitei para ler para ele a passagem sobre Natasha e a noite estrelada. Nunca mais o vi depois disso, mas sempre recordei sua bela aparência, seu paciente interesse em Tolstói. Muitos anos depois, entrevistei o cantor principal do Midnight Oil — esqueci o nome daquele careca — e lhe perguntei sobre o jovem da Jamaica, o guitarrista, e ele me disse que ele deixara o grupo um ou dois anos depois; não gostara daquela vida e resolvera abrir uma loja de surfe em algum lugar da costa de Queensland, o que me fez gostar ainda mais dele.

Uma tarde, quando me deixei cair, suando muito, em uma cadeira de praia que não distava mais que uns quinze metros dos italianos ("*Ciao! mia, ciao!*"), duas garotas californianas dentuças (estavam em um alojamento do tipo "tudo incluído", a alguns quilômetros da praia) puxaram conversa comigo. Vendo que eu estava lendo Tolstói, uma delas disse:

— O que você faz?

— Sou modelo — respondi.

Elas ficaram comigo durante toda a tarde, e quando se despediram me convidaram a encontrá-las mais tarde, à noite. Que excitação! Que companhia! Que conversa! (Eu tinha o hábito de almoçar diante do espelho.) Mas quando apareci mais tarde, naquela noite, todo de cabelo armado e elegante, em um restaurante que ficava ao lado de um rochedo, eu as vi fugindo pelo pátio. (Essa coisa me irrita ainda hoje.) A líder delas me viu e seus dedos se levantaram e agarraram o lobo de uma das orelhas — um gesto involuntário que teria deixado Tolstói encantado. E ela me disse, vejam só, que já haviam comido. *Já comeram?* Embaraçado, chocado e quase sem poder falar, e depois furioso, eu disse:

— Vou buscar um drinque — e me encaminhei apressadamente para o bar.

Bebi várias cervejas geladas tão depressa, que senti meus olhos ardendo. Parecia que eu estava exalando fogo.

Voltei para casa sob um belo luar. No andar principal do hotel, por trás de uma grade metálica e de cortinas, pude vislumbrar o clarão azulado de uma tela de televisão. O proprietário do local, o grandalhão que era ex-policial, estava vendo *Scarface*, com Al Pacino. Tossi protegendo a boca com a mão, com a vaga esperança de que ele pudesse me convidar para entrar para uma visita — sua mulher estava em Kingston, dando aulas em uma escola. Mas não tive sorte. Ouvi o murmúrio de um risinho abafado. A garota que fazia a limpeza estava lá com ele.

Mais tarde, na mesma noite, Tolstói quase deu cabo de mim (nunca fique à vontade demais com um escritor russo). Natasha — minha Natasha — estava sendo seduzida por um indigno *playboy* na ópera.

> Quando ela não estava olhando para ele podia sentir que ele estava olhando para seus ombros. E não podia evitar a tentação de captar o olhar dele, para que preferisse encará-la. Mas quando fixou os olhos nele, ficou horrorizada ao perceber que entre ele e ela não havia aquela barreira de reserva modesta que sempre tão conscientemente criara em relação aos outros homens. Em cinco minutos ela sentia — e nem entendia como — que se aproximara demais, perigosamente, daquele homem.

A notícia chega até seu noivo, o príncipe Andrei, e o noivado é desfeito.

Apaguei a luz da cabeceira. Um desastre duplo no paraíso.

Vamos pular agora para 2004. Quase vinte anos depois daquela noite na Jamaica. Eu estava sentado na varanda com meu filho de dezenove anos, em uma noite de outono, em Kensington Market, Toronto. Seu rosto jovem estava com uma expressão de horror controlado e eu mal ousava olhar para ele. Um romance de verão, abrasador, tivera um final inesperado havia algumas semanas. Primeiro foram premonições terríveis, depois chamadas apavoradas de longa distância (ela estava em uma universidade de outra cidade), uma das quais encontrou a jovem em um bar. Quando ele perguntou “Você está rompendo comigo?" (que corajoso desnudamento!) ela respondeu, despreocupadamente: "Sim".

Então estamos ali nós dois, sentados um ao lado do outro, olhando a rua úmida.

— Sabe aquela coisa que eu temia que acontecesse? — disse ele.

Eu estava quase sem poder respirar, mas respondi:

— Sim.

— Bem, aconteceu.

Alguém o informara por telefone. Sua namorada fora para a cama com um antigo amante. Ele não conseguia parar de fumar e nem parar de imaginar as coisas que não devemos imaginar, o que sempre fazemos. Dava para ver em seu rosto pálido e infantil o que estava pensando: *Ela está fazendo isso com ele, ele está fazendo isso com ela.* Nós todos já fizemos isso, mas acho que preferimos nos jogar debaixo de um carro para poupar o próprio filho de se sentir assim.

— Acho que ela está cometendo um engano terrível — eu disse inutilmente.

No longo silêncio que se estabeleceu encontrei-me pensando em Natasha e sua traição ao príncipe Andrei.

— Nunca vou perdoá-la — disse meu filho.

Então, como que por milagre (mas não foi uma surpresa), alguns meses depois, logo após o Natal, a namorada dele teve uma mudança sentimental. Tudo começou com um emissário ("Ela realmente está com saudades de você!"), depois um encontro "surpresa" em uma festa ("Se você continuar a olhar assim para mim, vou ter de beijá-lo"). Onde será que ela aprendera a falar daquele modo? Será que lera *Guerra e Paz*?

Então, lá estávamos nós novamente, empacotados em casacos, na varanda. Flocos de neve, alguns grandes, outros pequenos, assentavam-se indecisamente no gramado. Eu sabia o que ele estava pensando. Recriminações e tiradas sarcásticas esperavam a ambos.

— E se ela fizer isso novamente? — perguntou.

— Você sabe o que Tolstói diz.

— O quê?

— Tolstói diz que uma mulher não consegue nunca nos ferir duas vezes do mesmo jeito.

— Acha que isso é verdade, papai?

— Sim, filho, acho que sim.

Com um movimento rápido, mas contido, Natasha aproximou-se. Ainda ajoelhada, tomando cuidadosamente a mão dele, curvou o rosto e começou a beijá-lo, tocando-o suavemente com os lábios.

— Me perdoe — disse em um murmúrio, levantando a cabeça e olhando para ele.

— Eu te amo — disse o príncipe Andrei.

Os escritores dormem melhor quando conseguem acreditar que as grandes obras-primas da literatura foram escritas em clínicas para idosos — em outras palavras, pelos grisalhos e veneráveis. Kazuo Ishiguro (*Os vestígios do dia*) confessou a um repórter que ele próprio estragara uma de suas tardes (possivelmente até sua vida, brincou) quando, em uma ocasião imprudente, fez alguns cálculos elementares e descobriu a idade de seus escritores favoritos quando produziram suas obras-primas. Fiz a mesma coisa, uns tempos atrás, e agora partilho meu desgosto: Virginia Woolf tinha somente quarenta e dois anos quando escreveu *Mrs. Dalloway*, Scott Fitzgerald imperdoavelmente tinha apenas vinte e nove anos quando escreveu *O Grande Gatsby*. E o *Ulysses* de Joyce (um castigo de chato, no entanto...) foi escrito quando ele tinha trinta e nove anos. Lev Nikoláievich Tolstói tinha quarenta e um anos quando terminou *Guerra e Paz*, provavelmente o maior romance jamais escrito. Depois do qual, em vez de gozar umas férias no Caribe, o autor se lançou em um obsessivo estudo do grego antigo, e depois resolveu aprender a andar de bicicleta. (Por falar nisso, Russ Meyer tinha a mesma idade quando terminou de escrever *Faster, Pussycat! Kill! Kill!*).

Quando terminei de ler *Guerra e Paz* estava com um belo de um bronzeado e queria continuar aquela festa (um mau hábito que tive toda a vida). Voltei a Toronto, e uma das primeiras coisas sérias que fiz foi comprar uma edição de capa dura de *Anna Karenina*. Mas, dessa vez, a coisa não funcionou. Havia algo diferente. Não consegui me envolver com o texto — o romance não conseguiu bloquear a dezena de preocupações que me chamavam. Pensei que o problema fosse com o livro. Era como se — e ainda não estou convencido de que isso não fosse verdade — Tolstói houvesse usado todos os seus personagens favoritos em *Guerra e Paz* e estivesse usando, então, sua lista B. Depois de ler umas cem páginas, abandonei o livro. E ele ficou lá, no mesmo lugar, durante sete anos, isto é, até 1992.

Então, eu estava mais grisalho, mais gordo, e testemunhava, sem ficar cada vez mais perturbado, a morte de um caso de amor. Outro caso de amor. O amor, como aprendi, é uma criatura viva, e quando está morrendo os sinais que dá são ineludíveis, como se fosse um animal fraco demais para se importar com quem o alimenta. Molly Wentworth e eu conversávamos com excessiva precaução, como falam as pessoas que perderam a naturalidade uma com a outra, uma espécie de protolíngua que de alguma forma ambas esqueceram.

É claro que sempre haverá quem dê um jeito para passar batom em um cadáver, fazê-lo levantar e dançar, mesmo que de forma grotesca. Casar, comprar um cavalo, ter um bebê, alguns casais costumam fazer essas coisas. Mas há uma quarta opção, menos comprometedora: tirar férias juntos. E foi isso que fizemos. Às cinco e meia de uma manhã nevosa e escura, em Toronto, uma limusine pegou a mim e a Molly e também a minha velha cópia de capa dura de *Anna Karenina,* e nos levou para o esquecimento.

Quando chegamos ao hotel, em Bangkok, parecia que eu havia tomado duas doses de algum antiquado ácido, capaz de apagar coisas. O mundo tremia — todas aquelas horas no avião. (Ela havia dormido como uma criança, com aqueles cílios longos e belos se mexendo. Com o que sonharia? Ao lado dela, como o bruxo debaixo da ponte, eu assisti a seis filmes consecutivos.)

Era um hotel encantador, o rio bem debaixo de nossa janela. À noite dava para ver botes longos se movimentado pela água. Mas nada pôde nos salvar, nem sexo, nem, gim, nem o Papai Noel.

— Algo errado?

— Não. E você?

— Não, estou ótimo.

Uh!

(*Anna Karenina*, em quatro linhas.)

Fiquei no quarto do hotel, e lá fora a cidade era uma mancha enevoada e desinteressante. Comecei a ler *Anna Karenina* pela segunda vez. Molly passeou pela cidade, visitou a universidade, e não tenho certeza do que mais fez. Há uma maneira especial de ler coisas em viagem. É uma espécie de transporte, a pureza com a qual se presta atenção. Nunca se lê assim em casa. Na verdade, à medida que os anos passavam, e com eles uma dúzia de outras viagens, ocorreu-me que, para mim, ler era, em si, a melhor razão para se viajar. Nessa temporada, fiquei tão fascinado com *Anna Karenina*, a história de uma mulher infiel, que os eventos do livro se tornaram mais reais para mim, mais importantes que o ar ruim de Bangkok, a infelicidade irreparável de minha namorada ou o bar no andar superior onde uma noite encontrei um velho amigo da universidade, um viajante profissional que, como muitos deles, não tinha curiosidade em relação a nada e falava sobre si com uma insistência quase de autista.

Corri para meu quarto, no andar de baixo. De volta a Tolstói, de volta ao infeliz descongelamento de Levin sob as mãos da jovem Dolly. Tolstói sentia tanta excitação com o amor romântico (pelo menos durante certo tempo), que quase se pode senti-lo ronronar durante suas grandes cenas amorosas. Ele adorava a luz vermelha, e também a luz verde de sua democrática repressão. Nunca se é demasiadamente rico, nem belo, nem estúpido, ou fracassado, ou qualquer outra coisa, para resistir ao seu dedo nos chamando. Ao contrário de Tchecov, cujos personagens infelizes tendem a permanecer sempre assim, Tolstói acreditava (repito, durante certo tempo) que o amor sexualizado e romântico tinha o poder de transformar as pessoas, de fazê-las felizes. Foi ele que seduziu o príncipe Andrei tirando-o do poço de uma maligna autoabsorção, e que fez Pierre Bezukov se tornar um adulto, e que encantou Anna Karenina uma única vez na vida. Eventualmente, o amor romântico também amadureceu e completou Levin como homem.

Uma manhã, Molly e eu estávamos tomando o café no bar do andar de cima do hotel. Eu estava levando colheradas de iogurte com mel à boca com a maior urgência.

— Não quero ofendê-lo — disse Molly com um sorriso forçado —, mas você está fazendo um barulhão com isso.

Aquilo que, para os que não reconheceram, é o som de uma mulher que não nos quer mais. Lembrou-me subitamente o som de alguém batendo um martelo na mesa — e uma cena que eu lera havia apenas alguns dias, em que Anna olha com repulsa para as orelhas de abano de seu marido.

Alguns dias depois, o sol estava se pondo sobre o rio. Um momento tão melancólico, com os botes de lanterninhas acesas como se fossem vagalumes, e deslizando rio abaixo com a corrente. Eu estava bem no meio daquela famosa cena em que Anna, tendo fugido de sua família, volta sorrateiramente à sua antiga casa para visitar o filho de nove anos. O marido dela está dormindo no andar de baixo. Ela dá uma gorjeta a um empregado e vai subindo a escadaria — eu sabia que aquele era um dos momentos, na literatura, em que nunca mais seria capaz de seguir o desenrolar da cena *sem antes conhecer seu final*. Será que ela conseguiria ver o menino, ou não? Parecia ser uma crise tão premente, como se fosse uma de minha própria vida, e eu temia, realmente temia que Molly, com seu cabelo loiro e seu rosto anguloso, e seus belos cílios, entrasse subitamente no quarto naquele instante e estragasse tudo. Saltei da cama e tranquei a porta do quarto.

O final de um caso de amor pode acontecer de diversas maneiras. Para Molly, foi o espetáculo de me ver engolir uma porção de iogurte como se alguém fosse roubá-la de mim. Para mim, foi aquele momento em que decidi trancá-la fora do quarto e de todas as coisas que estavam dentro dele.

Uma grande parte de tudo que Tolstói escreveu depois de *Anna Karenina* está tão sobrecarregada de pedantismo ou de discurso moralizante, que não se consegue ler até o fim. Esses sinais de perigo estavam inclusive no divino *Guerra e Paz:* como o aborrecido capítulo em que Pierre se junta aos maçons. Ou o último e terrível capítulo do livro, pois, certamente, o verdadeiro final vem umas quarenta páginas antes, com o filho do príncipe Andrei espionando seu tio favorito no andar de baixo. Perturbações assim ocorrem também em certos trechos de *Anna Karenina*, como nas cansativas considerações de Levin sobre a agricultura rural. Às vezes, tenho vontade de parar estranhos quando os vejo com esses livros debaixo do braço, para implorar que pulem esses capítulos, para que não terminem de ler essas obras magníficas com uma sensação de anticlímax.

De 1881 em diante, Tolstói teve uma crise espiritual caracterizada por extremos, à beira mesmo da insanidade, com desgosto pelo sexo, pela literatura, um abandono de prazeres seculares, até mesmo o de andar de bicicleta. ("Papai gosta de abandonar coisas", escreveu desdenhosamente uma de suas filhas em seu diário.) Uma imperdoável conversão ao cristianismo (com algumas sugestões para melhorá-lo, é claro) tornou-o uma espécie de figura sagrada na Rússia e atraiu devotos e lunáticos de todo o país, muitos dos quais se instalaram em sua casa, para grande fúria de madame Tolstói. Mas mesmo quando se trancava no celeiro vestido como um camponês, fabricando as próprias botas e dizendo que sua mulher era uma prostituta, ele tinha ainda alguns estonteantes repentes literários em sua então já velha cuca. Era como se de vez em quando Tolstói não pudesse deixar de ser Tolstói, não conseguisse refrear seu próprio gênio recriminador.

A morte de Ivan Ilitch (1886) é bastante conhecido, mas não se sabe o motivo pelo qual quase ninguém conhece seu extraordinário romance *Senhor e servo*, escrito quando Tolstói tinha setenta e dois anos. Encontrei-a por mero acaso, quando achava que já conhecia os principais livros do autor. Foi quando, movido pela nostalgia de tempos mais excitantes de minha vida (a literatura deixa traços mais apagados em nós à medida que o tempo passa), resolvi fazer um curso sobre o romance russo do século XIX na Universidade de Toronto — eu tinha tempo disponível também, além da nostalgia. *Senhor e servo*, como descobri, é o grande tesouro escondido que Tolstói nos deixou. Na verdade, é uma história bem simples. Um camponês, Nikita, e seu patrão, um comerciante de madeiras, saem em uma tarde de inverno para fechar um negócio em uma vila vizinha.

Desencadeia-se uma tempestade e eles se perdem. A noite cai. Enquanto os dois vagueiam por uma zona de frigidez lunar ("Às vezes parecia que o trenó estava parado e que a paisagem do campo rolava, fugindo, por trás deles"), o que o leitor experimenta pode bem ser a melhor descrição de inverno já feita em literatura.

A mulher de Tolstói, Sofia, que tomava conta da parte administrativa do que o marido escrevia, estava fora quando o escritor terminou o romance. Durante sua ausência ele o vendera por uma ninharia a uma revista. Houve uma grande confusão quando Sofia voltou. Furiosa, ela percorria a casa (os criados se escondiam atrás dos móveis) acusando o marido de dormir com o editor, e armou tal confusão, que Tolstói declarou que o casamento estava terminado, e foi para o quarto empacotar suas coisas. Para não deixar por menos, Sofia correu para fora da casa, em pleno inverno russo, vestindo somente uma camisola e um robe. Tolstói saiu para pegá-la, vestindo também somente roupas íntimas e um paletó, sem camisa. Resgatada, Sofia foi para a cama. Mas Tolstói, que não suportava vê-la infeliz, cedeu e cancelou seu compromisso com a revista. Dois dias depois da recuperação formal dos direitos autorais sobre a obra aconteceu uma desgraça: o filho de sete anos do casal, Vanichka, um menino meigo e muito dotado, contraiu escarlatina e morreu. Seus pais, totalmente esquecidos do episódio do manuscrito, sentaram-se no sofá, "quase inconscientes de tanta dor".

Quero dizer uma coisa, se me for possível, sobre *Senhor e servo* em particular, e sobre Tolstói em geral. É preciso tomar cuidado. Tolstói não tem medo de ferir seu leitor. Quando o comerciante de madeiras percebe que Nikita está congelando e vai morrer, faz algo tão espantoso — mas que *não é* espantoso — que temos a impressão de que alguém esticou a mão e tocou nosso peito. Não vou estragar a história contando o final, mas, para resumir, Tolstói não é realmente o cara que se deve ler antes da soneca da tarde.

O que nos traz, final e felizmente, para o presente. Final do outono, em Havana, Cuba. Não é o fim, mas estamos chegando perto dos capítulos finais de minha vida com Tolstói. Dessa vez não o levei comigo, mas ele não é alguém que se possa deixar definitivamente para trás. Uma vez infectados por ele, nunca conseguimos nos curar. E, como Proust, Tolstói muda não exatamente a maneira de vermos o mundo, mas ocasionalmente até mesmo a maneira como o sentimos. Às vezes, realmente, sinto que me habituei a confiar demasiado em Tolstói. Que o tenho visto em demasia nos episódios de minha própria vida (Oh! Exatamente como naquele momento em que...) Que o tenho citado demais (como faço com os Beatles quando esporadicamente tento interferir nas aspirações musicais insípidas de meu filho). Lembro uma vez que, na época em que trabalhava na televisão, uma produtora levantou a cabeça, indignada, com um roteiro que eu escrevera sobre um violinista de Manitoba, e lançou: "Chega de Tolstói, está bem?".

Assim... um último momento sobre Tolstói antes de parar. Um dia de sol em Havana, com o vento forte chicoteando os fios elétricos na rua de meu hotel. O oceano mais azul que ontem, mas ainda selvagem, com uma espuma branca. Muitos anos transcorreram depois do episódio em Bangkok. Eu me casei novamente, mas dessa vez deixei minha mulher em casa e vim de férias em minha própria companhia, algo que não fiz durante muitos anos.

Ontem fiz um passeio ao longo do mar. Passou um barulhento cortejo de casamento — parecia uma cena de *O poderoso chefão 2*, quando Michael Corleone vai para Cuba. Mais tarde eu tomaria um café no terraço do Hotel Inglaterra, na cidade velha. (O que se faz com tanto tempo disponível? Não consigo nem lembrar.) Passa outro cortejo de casamento, carros enfeitados da década de 1950, com uma noiva de branco e um noivo de preto empoleirados no banco de trás de um conversível. Um francês na mesa ao lado comenta que Havana é uma ótima cidade para casamentos públicos. O que me faz pensar em meu próprio casamento, há alguns anos. Foi realizado na sala de nossa casa nova (minha casa de "iniciante", aos cinquenta e seis anos), em Kensington Market. Minha segunda ex-mulher, Catherine, compareceu com nosso filho, ambos encantadores e esbeltos. Que sorte a minha, pensei, olhando para eles, que ainda estavam ali, como parte de minha vida.

E estava lá também M., minha primeira ex-mulher — a que me dera Tolstói, havia tantos anos — arrumando a comida e bancando a patroa com os empregados (ela quer a mesa com a comida encostada na parede, e não "no centro dessa maldita sala"). Nossa filha, já adulta, alta e loira e um tanto extravagante mesmo quando descansa, arruma a sala. Nessa noite é a mestre de cerimônias, e começa a ler uma sentença: "Espero que consiga passar por isto sem debulhar em lágrimas", diz. A sala fica quieta. Ela continua:

> O Príncipe Andrei gostava de dançar, e escolheu Natasha como parceira porque Pierre a indicara e porque era a primeira moça bonita que atraíra seu olhar. Mas nem bem colocara seu braço em torno daquela cintura leve e fina, sentindo-a se mexer e sorrir tão perto de si, a fascinação com sua beleza subiu-lhe à cabeça.

Olhando para minha filha e depois para Rachel, que dentro de apenas alguns minutos seria minha mulher (tão linda em seu vestido preto), senti uma onda de sorte quase impossível de suportar. E pensei: "não se pode querer da vida mais que isto".

6

Senhoras e senhores, os Beatles!

Uma destas noites, pesquisei nos arquivos de meu computador, que tem oito anos, e descobri que havia mais de 250 documentos diferentes em que eu citara os Beatles. Resenhas, um roteiro (não produzido), um romance, um artigo sobre Tolstói para uma revista, diários, cartas, até uma avaliação de vinhos. Eles certamente mexeram comigo, aqueles rapazes.

E assim, ao começar a escrever este livro, voltando para os lugares em que eu sofrera, tive de mencioná-los. Porque se você, leitor, já sofreu alguma vez de mal de amor, provavelmente isso aconteceu tendo ao fundo do cenário os Beatles.

Saí e comprei a edição em capa dura do tijolão da biografia dos Beatles feita por Bob Spitz. É uma obra de 900 páginas, lindamente escrita. Spitz levou seis anos para fazê-la, foi morar seis meses em Liverpool, brigou com a mulher por causa do trabalho. Mas aconteceu algo surpreendente e vagamente desconfortável comigo. Li umas cem páginas e parei. Eu já conhecia todas as histórias e não tinha vontade de ouvi-las novamente. Estava saturado de Beatles. Inventei um novo verbo: estar *Beatle-out:* amar alguma coisa como provavelmente não se vai amar nada mais, mas estar farto daquilo para toda a vida.

Mas, vamos retroceder por um ou dois instantes. Era 1987 e George Harrison acabara de lançar seu álbum final, *Cloud Nine*, e eu estava indo a Londres para entrevistá-lo. Furando a escuridão da noite sobre o Atlântico a uma altura de 37 mil pés, eu fitava o espaço com a gravidade de um homem a caminho de sua execução. Tomei dois drinques fortes para me acalmar, mas eles deslizaram levemente sobre minha excitação. A imagem de John, Paul e George cantando *This Boy* em um único microfone, no *The Ed Sullivan Show* em 1964, era paralisante.

Uma lista do que eu não devia fazer: pelo amor de Deus, não pergunte se ele teve muitas namoradas. Ou se alguma vez ele se sentiu "estranho" pelo fato de ter chutado Pete Best para fora da banda. E nem ele precisa ficar sabendo que você certa vez teve uma namorada magricela em Kansas City, que, usando um frasco de perfume como se fosse um microfone, costumava cantar *If I Fell* diante do espelho de seu quarto. Ah, também não se preocupe em contar a ele sobre Raissa e aquela vez em que você ouviu *Don't Let Me Down* às cinco da manhã em um café de Paris e quase morreu de saudades dela. Não diga a ele que seu editor ocasionalmente gosta de passear em noites enluaradas ouvindo os Beatles. E não faça a pergunta a que ninguém na Terra pode responder, excetuando aqueles quatro rapazes na limusine: *Como era pertencer aos Beatles?*

Preparando-me para a entrevista, passei uma manhã ensolarada em Liverpool com Nancy Rutledge, uma corretora de meia-idade. Nancy fora namorada de George durante alguns meses, quando ambos tinham dezesseis anos, mas com aquele teimoso senso comum tão típico das pessoas do norte, ela não parecia pensar que isso fora uma grande coisa.

Ela me levou de carro até o Cavern Club, ou antes, ao que havia em seu lugar. Os estúpidos zeladores do bem público haviam derrubado o prédio original em 1973 para dar lugar a uma estação de metrô. Ali, sob o famoso arco de tijolos, os rapazes haviam feito 292 *shows*, à tarde, à noite, de 1961 a 1963, o último deles somente um mês ou pouco mais depois de gravarem *She Loves You*. Também ali um jovem *gay* que era dono de uma loja de discos, Brian Epstein, apaixonou-se por eles à primeira vista (aquelas jaquetas de couro preto ajudaram) e ofereceu-se para arranjar uma gravação para eles. O que realmente fez, depois que um imprudente executivo da Decca Records lhe disse que as bandas de guitarristas estavam "liquidadas".

Enquanto Nancy parava em uma confeitaria para comprar um bolo de aniversário para um cliente, eu pulei do carro e telefonei para um amigo em Toronto, que era ele próprio um escrupuloso fã dos Beatles.

— Adivinhe onde estou — disse quase sem poder respirar.

— Onde?

— No Cavern Club.

Mas a resposta dele não foi o que eu esperava.

— Ele foi demolido há anos.

— Eu sei, mas...

Comecei a explicar, mas desanimei e afastei-me da cabine telefônica vermelha (Nancy esperava por mim em um restaurante), perplexo com a frieza de meu amigo, com sua vontade de moderar minha excitação, e novamente me lembrei de que devemos ter cuidado com os ouvidos aos quais transmitimos as novidades, e pensando que o mundo, e até mesmo os nossos amigos, e às vezes especialmente nossos amigos, nem sempre nos desejam boa sorte. Apesar disso, eu me sentia perturbado, e nos próximos dias fiquei remoendo aquilo.

Visitamos outros locais: a casa da infância de George, o salão de cabeleireiro em que Maureen, a mulher de Ringo, trabalhava, o orfanato de Strawberry Field e o Casbah Coffee Club, cuja gerente era a mãe de Pete Best.

— Pete está bem agora — disse Nancy, animada. Ele passou um mau pedaço, você nem pode imaginar, mas se tornou famoso, e até rico.

Ela tinha de mostrar um triplex a um cliente às 2 horas da tarde e perguntou se eu me importaria se fosse embora. Foi uma maneira gentil de dizer que não tinha muito mais para falar sobre George, e nenhuma saudade daquela época de sua vida. Deixando-me à porta de meu hotel, abaixou a janela do carro e disse:

— Pergunte se ele se lembra de meu carrinho azul.

E então, olhando por cima do ombro, mergulhou no tráfego de Liverpool, acho que sem pensar mais em mim ou nos Beatles.

Dois dias depois, eu estava seguindo uma mulher bonita, de aparência comum, em uma escadaria até o terceiro andar do escritório agradavelmente decorado de George Harrison, na Handmade Films, em Londres. A equipe cinematográfica já chegara e preparava a tomada. Pelo que entendi, estavam acabando de voltar de uma filmagem de Mikhail Gorbachev, em Moscou. A União Soviética estava se desintegrando, mas, aparentemente, para eles, ter um encontro com George Harrison era muito mais importante. Como aquele vendedor de produtos farmacêuticos que estava sentado ao meu lado no voo, eles sabiam mais sobre os Beatles do que qualquer adulto deveria saber, ou do que qualquer pessoa deveria saber: qual o verso de *Help!* que foi esquecido na apresentação do *The Ed Sullivan Show*, em Miami. Que George saiu com um olho roxo quando um fã bêbado de Pete Best lhe deu uma cabeçada diante do banheiro do Cavern Club. E que o pai de Paul McCartney, ao ouvir o recém-acabado *She Loves You* (guitarras acústicas na sala) sugerira uma pequena mudança nas letras — "sim, sim, ficaria melhor assim", dissera.

Dois *cameramen*, dois técnicos de som, um produtor, dois produtores assistentes e um cara que cuidava das luzes estavam todos nervosos, ou excitados, não sei qual das duas coisas, mas não conseguiam ficar calados. Eu não estava melhor que eles. Como se fosse um homem prestes a ser executado, parei perto de uma janela olhando para as árvores desfolhadas, o sol pálido, uma mulher passeando com um cachorro. Era fevereiro, e em Londres tudo parecia tão triste, tão decadente. Era, é claro, ansiedade vestida de melancolia. Há quem tenha fome quando está assustado, mas eu fico triste e sei que não posso evitar isso. Nem um pouco.

Ouvi uma voz atrás de mim, com aquela musicalidade de altos e baixos que era o sotaque de Liverpool.

— Eu não havia entendido que era para televisão. Deem-me um segundo para escovar meu cabelo.

Um homem esguio, usando uma camisa amassada e uma calça gasta de *jeans* estava parado à porta, sorrindo agradavelmente. Seu rosto era mais velho e mais enrugado do que eu esperava. Estendeu a mão para o cinegrafista troncudo que estava olhando para ele como se visse uma cobra prestes a dar o bote.

— Eu sou George Harrison — disse ele.

Eu tinha treze anos quando ouvi pela primeira vez *She Loves You* e achei que com aquela pouco habitual sucessão de acordes a música causava um pouco de desapontamento. Quase nos levava aonde gostaríamos de estar — aquele excelente começo! —, mas então, não nos levava. E aquele som de anticlímax da guitarra logo antes da segunda estrofe me fazia pensar por que, afinal, ela causava tanta comoção.

Alguns meses depois, porém, ouvi *I Saw Her Standing There.* Nenhuma canção, nenhuma peça musical antes ou depois dela conseguiu me excitar tanto. Aquela linha do baixo, aquela pancada de bateria que parece pairar apenas uma fração de segundo atrás da batida, e o inimitável grito de Paul (tente, alguma vez, imitá-lo), bem antes do solo de guitarra me faziam querer atirar pela janela um grito ou alguma outra coisa, como se meu corpo jovem simplesmente não pudesse conter as sensações que estava experimentando. E o ritmo, que para mim era o que havia de mais eletrizante em toda a música *rock*.

Desgostoso com o segundo verso da canção original — era um mero floreio açucarado de McCartney, comparando a garota com uma "rainha de beleza" —, John Lennon fez uma careta e sugeriu, para substituí-lo, "*You know what I mean*". Sempre achei que aquela mudança havia sido a chave da colaboração dos Beatles, o motivo pelo qual ela funcionava e pelo qual individualmente eles não podiam atingir aquele antigo e alquímico *je ne sais quois* ("não sei o quê").

Meu pai, cujos interesses incluíam somente o golfe, o uísque escocês e dormir com as amigas de minha mãe, deu-me uma bronca uma tarde, no carro, por eu gastar tudo que me dava em revistas sobre os Beatles. Não foi a bronca que me atingiu, foi aquela onda de desprezo que vinha com ela. Eu examinava aquelas revistas brilhantes com uma espécie de exame pericial. Procurava algo, uma explicação que pudesse aliviar a tensão de meu corpo. Quase quarenta anos depois, eu me deparei com uma passagem em um conto de Tchecov que me fez entender não o que eu procurava naqueles retratos de quatro jovens que usavam ternos pretos e camisas brancas, mas o que eu estava *experimentando* enquanto os contemplava. Nesse conto de Tchecov, *As belezas*, um adolescente observa uma garota camponesa enquanto ela entra em uma cabana, em um campo da Rússia. Ele escreve:

> Se era inveja da beleza dela, ou a pena de que aquela garota não fosse minha, e nunca seria, ou então a ideia de que eu era um estranho para ela.... ou se, talvez, minha tristeza era aquele sentimento peculiar que é despertado pela contemplação da verdadeira beleza... só Deus sabe.

Desde essa época fico pensando, às vezes, se a tristeza não seria uma resposta inexplicável à grande arte. Senti isso quando folheava aquelas revistas sobre os Beatles, da mesma forma como aconteceria mais tarde ao me deparar com uma descrição de uma festa em *O Grande Gatsby*, de Scott Fitzgerald: "Havia música na casa de meu vizinho nas noites de verão. Em seus jardins azuis rapazes e moças iam e vinham como mariposas entre os murmúrios, o champanhe e as estrelas".

Essa tristeza é uma reação a algo que nunca podemos possuir, que sempre se afasta de nós, por mais intensamente que o procuremos agarrar.

Por causa de Ringo Starr, pelo jeito que ele tinha por trás de um conjunto cor de pérolas cinzentas de tambores Ludwig, pela felicidade quase insuportável que eu imaginava ser a sua, escolhi ser um baterista. Quando meus pais saíam à noite, eu me precipitava para o quarto de minha mãe, no segundo andar da casa, e colocava na vitrola *It Won't Be Long*. As lâminas das faquinhas que eu usava faziam tap-tap-tap dançando no topo de vidro da sua penteadeira. Às vezes, meu irmão, Dean, enfiava a cabeça no vão da porta — naquele tempo, ele não estava ainda tão furioso com a vida. Parecia mais distante e admirável, e eu adorava sua aprovação. Ele dava uma olhada por um momento, e então, fechando devagarinho a porta, voltava para seu jogo de beisebol no radinho marrom de sua cabeceira.

A neve derretia lá fora. O gelo caía das calhas e os Beatles lançavam *I Want to Hold Your Hand.* Não havia nada tão irresistível quanto a visão dos três chegando perto do microfone para harmonizar.

Nessa época eu usava baquetas de verdade — nos livros da escola, nas paredes, em minhas coxas. Tocava depois da escola, depois do jantar. Ensaiava o tempo todo. Mas nunca consegui imitar aquele rolar de tambores que vem no final do verso que dá o título da canção *I Want to Hold Your Hand.* Era algo aleatório e frenético? Ou uma sucessão de batidas... Ou uma sucessão de batidas únicas, em *staccato* decrescente? Devo ter ouvido a passagem umas duzentas vezes, levantando a agulha da vitrola, deixando-a cair, levantando-a novamente, deixando-a cair novamente, novamente. ("Jesus Cristo!", gritava minha mãe, lá embaixo.)

Nunca pude reproduzir aquele som. Nunca. Na verdade, somente outro dia foi que assisti a um vídeo em preto e branco de Ringo tocando no *The Ed Sullivan Show.* A câmera fez um *close*. Reiniciei o vídeo. E depois, mais uma vez, até que uma sensação de náusea se espalhasse por meu corpo.

Devo ter sido desencorajado a fazer outras coisas na vida — patinar, desenhar uma árvore, fazer prestidigitações, afinar um violão, consertar um pneu de bicicleta —, mas esse impasse foi uma lição pungente sobre as exigências do talento. Como dizia minha ex-mulher M.: "Às vezes você se ferra somente pelo que é".

Mas eu me pergunto se aquele infeliz tamborileiro, Pete Best, poderia fazer aquilo. Se eu o houvesse encontrado alguma vez, teria um milhão de perguntas para lhe fazer, mas essa estaria certamente incluída nelas: "Será que você consegue tocar tambor como em *I Want to Hold Your Hand*?".

Aposto que não. Aposto que se ele pudesse...

Foi um episódio vergonhoso que eu, infelizmente, sempre associei com a única ocasião em que vi um espetáculo dos Beatles. Eu tinha catorze anos e estava encantado por uma garota que, no jeito horrível de minha mãe falar, pertencia "ao lado errado dos trilhos". O nome dela era Shauna ("Só as garotas que fazem sexo em carros se chamam Shauna", definiu minha mãe). Pequena, com um cabelo frisado e um suéter sem mangas, Shauna apareceu na igreja em um grupo, na manhã de um domingo. Todas as garotas bonitas de Forest Hill costumavam aparecer por lá, mas ninguém conhecia Shauna. Ela surgiu do nada, aquela criatura envolta em uma nuvem erótica de pólen.

— O que uma garota dessas está fazendo *neste* bairro? — perguntou minha mãe.

O que ela queria dizer é que garotas como Shauna invariavelmente arrumavam encrencas e depois ficavam pedindo um montão de dinheiro para se afastar. Minha mãe era uma curiosa mistura de autêntico liberalismo de esquerda e feroz esnobismo.

Naturalmente, ignorei suas advertências. E quem não faria isso? Voltei para casa a altas horas da noite com folhas espalhadas por meu suéter e os olhos brilhando tanto, que poderiam descascar a tinta das paredes.

Chegou o verão, e os rapazes tiraram a gravata e prestaram exames, envoltos em um silêncio religioso. E, então, saímos da cidade e fomos para nossa casa branca, no campo. A ácida desaprovação de minha mãe foi mastigando toda minha afeição por Shauna — como se fosse uma tortura chinesa. Até que, em um momento de infeliz concordância, permiti que ela me ditasse uma carta daquelas de terminar tudo, que eu postei naquela mesma tarde na caixa de correio que havia no fim de nossa rua. Fiz isso em troca da permissão de ir a Toronto para ver os Beatles no Maple Leaf Gardens. Gelado de embaraço e de vergonha — um mês depois —, eu me sentei ao lado de Shauna no meio de uma multidão que reunia 20 mil adolescentes histéricos. Até o homem que desempacotava o tambor de Ringo gritava naquele dia. Olhando fixamente para frente, eu podia sentir Shauna olhando para mim. Podia sentir que ela estava esperando. Então, ela disse:

— Você podia ao menos olhar para mim.

Mas em sua voz havia um tom que eu não esperava, uma espécie de frio desdém que dizia: "Não pense que é tão importante assim, garoto".

Sei que naquele dia os Beatles tocaram *Long Tall Sally*.

E sei que Shauna perguntou se eu poderia emprestar meu binóculo. Sei também que quando John Lennon fez palhaçadas no palco — estava fingindo ser Frankenstein —, a multidão explodiu o teto do Gardens. Lembro-me disso apenas vagamente. Mas aquelas palavras da garota, ou melhor, o modo como ela as disse, conservam ainda um frescor peculiar, como se fossem um relatório audível de alguém que conseguiu nos atingir fundo, vendo-nos sob uma luz horrível.

Passaram-se cinco anos. Estou em Paris com Justin Strawbridge. É minha primeira viagem à Europa e estou experimentando a infeliz fragilidade de alguém que desperta na escuridão, em um país estrangeiro no qual nada está acontecendo da maneira que sonhara. Eram 5 horas da manhã e eu estava em um café superiluminado, bebendo um copo de vinho tinto — de sabor horrível, parecia um copo de sangue —, quando *Don't Let Me Down* começou a tocar na vitrola automática. Naquele ano, 1969, os Beatles já não gostavam muito uns dos outros, mas os acordes descendentes daquela canção — como se fosse um anúncio dela, parecia — faziam que todos os antagonismos fossem momentaneamente esquecidos para que os quatro voltassem a falar uma espécie de protolíngua que nem mesmo a presença insistente e envenenada de Yoko Ono poderia estragar. *Don't Let Me Down* é um dos maiores tesouros enterrados dos Beatles, e de execução tão fácil, que poderia ser tocada na gaita de um despretensioso garoto do campo.

De manhãzinha, em Paris, parecia que eu nunca ouvira de maneira adequada aquela canção — que ela era, na realidade, uma sinfonia em miniatura, com movimentos individuais e completa. Só que eu realmente gostava mais dela, ela me comovia mais que Beethoven ou Mozart. Ela possuía aquilo que todas as grandes peças dos Beatles possuem, o que *toda* grande arte tem, uma sensação de inevitabilidade, de que a progressão dos acordes só poderia ser feita daquele jeito, e somente com aquelas palavras. Que se nos houvessem dado aqueles primeiros compassos, nós também poderíamos tê-la composto.

Ocorreu-me, também (enquanto Justin falava com uma prostituta, na porta), que eu estava para perder Raissa Shestatsky para outro homem, que eu a estava perdendo enquanto permanecia ali, parado. E aquelas letras: Lennon se inclinando de forma obscena para o microfone para enfatizar a sujeira das palavras. Aquela coisa de ser comido por sua garota. A ideia de que eu nunca mais poderia ver Raissa nua me atingiu como se fosse um pontapé na barriga.

Comecei a me perguntar por que eu teria ido à França, àquela cidade cinzenta, quando minha vida obviamente estava em outro lugar — em um apartamento na Major Street, onde eu deixara uma mocinha dormindo um sono agitado. O que eu estava pensando?

E, então, vieram as notas finais da canção, no piano, cheias de desejo, distanciando-se, como se fossem uma garota se despedindo de um trem que parte.

Na década de 1970 eu estava em Casablanca, ocupado com coisas insignificantes e esperando minha vida começar, quando encontrei um jovem iraniano, Arghavan Gholami, uma tarde. Estávamos em um café no bairro francês, todo mundo sob o efeito incômodo da maconha, Raissa desaparecida havia muito, quando ele começou a falar sobre o fato de ter crescido ouvindo os Beatles em uma cidadezinha do mar Cáspio.

No mar Cáspio?

Era como se eu falasse com um especialista em Beatles dotado de um sotaque árabe (uma coisa que naquele momento me pareceu tão disparatada quanto falar com uma mulher chinesa que tivesse um sotaque da Jamaica). Arghavan me perguntou se eu sabia que Ringo havia gravado a versão para o álbum de *Love Me Do,* mas que no disco de quarenta e cinco rotações tocara um músico do estúdio? Que George Harrison tocara baixo no *She Said, She Said* porque Lennon e McCartney haviam tido um violento pega que terminara com Paul saindo raivosamente do estúdio? Que Lennon achava a letra sobre borboletas em *It's Only Love* tão piegas (embora fosse ele próprio seu autor), que dizia que ela havia estragado a canção? Que o produtor dos Beatles, George Martin, tirara os acordes de violoncelo em *Eleanor Rigby* da trilha sonora de *Psicose,* de Hitchcock? (Mais uma surpresa.)

— Se quiser saber como Ringo conseguiu fazer seu trabalho — disse Arghavan —, ouça o tambor em *Anna*. Parece um conjunto de tambores despencando por uma escada.

Até aquele dia, eu pensava que os Beatles eram possessão minha, que outras pessoas gostavam deles, claro, mas que eu tinha um relacionamento especial com eles. Mas, ao ouvir aquele jovem iraniano, comecei a suspeitar de que talvez não fosse esse o caso. E essa ideia me proporcionou um confuso sentimento de conforto — o de que eu não estava, portanto, sozinho com aquela peculiar sensação de desejo, de tristeza ou de incompletude que eu experimentava sempre que ouvia sua música ou os via em fotografias.

Tudo isso ia passando por minha cabeça enquanto eu esperava que o cinegrafista acabasse de testar a iluminação e que George Harrison estivesse já sentado diante de mim, paciente, esperando a entrevista começar. Por razões que são tolas demais para ser elaboradas, eu havia decidido conduzir a entrevista sem me servir de notas — queria que Mr. Harrison ficasse bem impressionado.

— Estamos prontos aqui — disse o produtor.

Harrison tamborilava no braço de sua cadeira e levantou os olhos com uma expressão agradável.

— Então, George — comecei, com a mente tão vazia como uma lousa escolar, depois da aula. E prossegui: — Como era fazer parte dos Beatles?

Parecia que a sala havia sido sacudida. O produtor parecia paralisado de espanto. Até os *cameramen*, treinados como cães *pointer*, haviam estremecido. Harrison ficou quieto. Desviou o olhar pensando na resposta que daria, determinado a levar a sério a pergunta, e com ela, a pessoa que a fizera.

— Bem, você sabe, não foi ruim demais, para um *primeiro* trabalho.

Todo mundo ficou aliviado. Com um cara como aquele, era impossível errar.

A lembrança do que ele disse depois é muito confusa. Felizmente, guardei o copião, e hoje, olhando para ele, vejo um Harrison bondoso e cheio de consideração, respondendo com humor, enquanto em *off* uma voz (a minha), elevando-se uma oitava acima do normal, coloca abertamente perguntas complicadas, pontuadas por explosões de riso tolo (novamente meu). Falamos de todas as espécies de coisas: de sua irmã mais velha que ele visitara no Canadá no início da *Beatlemania*, do falecido Brian Epstein, de jardinagem, de Eric Clapton, do Monty Python, até do dramaturgo norte-americano Tennessee Williams. Suas últimas peças eram ruins ou foram ruins somente as críticas? Harrison estendeu-se em uma elegante pré-defesa de seu novo álbum e da hostilidade que, sem dúvida, provocaria nos jovens críticos, ansiosos para demonstrar sua brilhante irreverência.

Mencionei *O expresso de Xangai*, o filme idiota que ele produzira com Madonna e Sean Penn.

— Elenco errado, roteiro errado, diretor errado. Onde foi que acertamos? — perguntou com uma risada divertida (dentes grandes e sadios).

Dava para perceber que ele odiava Madonna pessoalmente, mas que era também bem adulto para se permitir expressar isso diante de uma câmera, com um estrangeiro; mas eu sentia que bastaria um empurrãozinho para ele se soltar.

Falamos do seu filho de dez anos, Dhani, que ao ouvir o novo álbum perguntara ao pai por que ele não escrevera uma "canção realmente boa", como *Blue Suede Shoes.* E embaraçado de uma forma comovente, Harrison comentou que "ele tinha certa razão".

Falamos de um recente arrufo com Paul McCartney (ele foi novamente muito diplomático), e, é claro, sobre John Lennon. Respondendo à minha pergunta sobre se temia por sua vida, Harrison franziu a testa com o autêntico desconforto de um homem modesto e disse:

— Não. A verdade é que não sou suficientemente importante.

Lembrei-me de quando, dez anos depois, um fã desequilibrado entrou em sua casa no meio da noite e o esfaqueou. Sua mulher dominou o intruso com um simples empurrão, com a ajuda do pé de uma luminária.

Assim que a entrevista terminou, Harrison continuou a conversar com a equipe e com o produtor, e depois voltou para o andar térreo, parando um pouco na porta para conversar um pouco mais. Estava indo, como disse, "encontrar Eric e Ringo para jantar". (Esse é um jantar do qual eu gostaria de ter participado.)

Nunca encontrei os outros três Beatles. Uma vez vi Ringo, barbudo, lendo um jornal no saguão de um hotel de Nova Iorque, mas não o perturbei. Não se deve perturbar um cara que está aproveitando alguns minutos para ler seu jornal. Tive alguns encontros individuais com pessoas mais afastadas deles. Entrevistei Yoko Ono quando ela passou por Toronto apresentando um álbum horrível. Ela parecia muito ser realmente a pessoa que me haviam descrito, uma mulher desconfiada e controladora que interrompeu duas vezes a entrevista para perguntar se eu faria a mesma pergunta a Bruce Springsteen. (Não, não faria, mas o patrão não escreve canções que soam como se um animal tivesse um pé preso em uma armadilha.)

Ninguém pode saber o que se passa entre um homem e uma mulher, e eu somente posso supor que Yoko deve ter sido muito mais espirituosa com John Lennon do que foi comigo naquele dia. A química sexual perdoa tudo.

Entrevistei Albert Goldman em Roma, para onde ele fugira após publicar uma biografia mal-intencionada de John Lennon, em 1988. A coisa toda fedia a golpe publicitário, especialmente o guarda armado que estava sentado, sombrio e aborrecido, no canto da suíte do hotel.

Mas gostei muito de Goldman. Era um fervilhante nova-iorquino, um bem-dotado frasista e um ótimo conversador que cometera um grande erro de cálculo na vida — não entendera que para que um livro sobre os Beatles venda bem é preciso que seus fãs *gostem* dele. Naquele momento, enquanto estava em Roma, seu livro era o número dois da lista de mais vendidos do *The New York Times*, mas sua cotação já estava começando a cair. Sentindo que algo de muito ruim estava vindo, Goldman tentava anestesiar seu desespero tomando copos e mais copos de vinho tinto, do tamanho de balões, antes do almoço. O que não o ajudava nada. O livro arruinou sua carreira e logo depois ele morreu em um avião, em pleno voo.

Perto do final de nosso papo, em Roma, quando meio cambaleante me acompanhava até o elevador, notei que ele levara cinco anos escrevendo a biografia de Lennon, isto é, o mesmo tempo que Flaubert levou para produzir *Madame Bovary*. Perguntei-lhe, então, se havia feito uma escolha adequada do tema do livro, uma vez que um escritor nunca consegue recuperar os anos perdidos. Ele respondeu que não saberia dizer.

Alguns meses antes de sua morte, um colega me telefonou uma noite e disse que tinha uma mensagem de Albert Goldman, a quem justamente acabara de entrevistar. Era sobre a pergunta que eu lhe fizera, sobre Flaubert. Goldman assegurara ao meu colega que eu entenderia: "Diga a ele que não, não foi uma boa escolha".

Há cerca de quinhentos livros escritos sobre os Beatles. Lembrem que esse foi um grupo de jovens que acabou com sua banda há quarenta anos e que gravou, no total, cerca de dez horas de música. Somente *dez horas e vinte e oito minutos,* para ser preciso. A impressão que temos é de que foram muitos anos mais.

Ainda assim, lá por 2005 eu já enjoara deles. Não é verdade que só nos apaixonamos uma vez na vida. Mas é bem verdade que só nos apaixonamos uma vez de certo modo, tão absolutamente. E acho que foi isso que aconteceu comigo.

Às vezes eu ouvia *No Reply*, ou *Help!*, ou *Don't Let Me Down* no rádio do carro e ficava pensando: é uma canção incrível, mas nem me dava o trabalho de ficar ouvindo até o final, ou até aquele último e piegas acorde de *She Loves You*, ou mesmo o delicioso coro em *Here, There and Everywhere.* Eu mudava logo de estação.

Então, há alguns meses aconteceu uma coisa engraçada. Dei uma passada em uma livraria do tipo sebo, um lugar subterrâneo, na vizinhança de minha casa. Estava folheando *The Alexandria Quartet* — que sempre me lembra de minha mãe — quando ouvi em um alto-falante que estava sobre minha cabeça os compassos finais, dramáticos, de *When I Get Home,* uma canção de *A Hard Day's Night.* E quando John Lennon atingiu o clímax, os pelos dos meus braços ficaram todos arrepiados.

Mal se podia dizer que a letra era em inglês, mas senti novamente que estava experimentando aquela estranha mistura de euforia e tristeza, de estar próximo, mas sempre *do lado de fora* de algo que era terrivelmente, mas terrivelmente mesmo, importante.

7

Mais um dia no paraíso, ou quantas pílulas ainda me restam?

Devo ter encontrado Nessa Cornblum há uns trinta anos. Nessa, a filha do rabino. Ela trabalhava em Rose Heights, um clube particular para senhoras judias idosas. Servia chá à tarde. É claro que odiava o que fazia. Nessa se comprazia nas conversas em que podia expor as coisas que odiava. Podia ficar quieta como uma serpente enquanto cozinhava coisas em seu cérebro com crueldade inventiva — o queixo mole desta, o peito caído daquela —, e então, quando descobria a frase certa de condenação, atingia plenamente o alvo, e *sabia* que o atingira, abrindo seu rosto egípcio em um sorriso perturbador. Meu Deus, apesar disso, era bonita, com aquela pele cor de caramelo e um rosto de amêndoa cuja peça central era um nariz longo e belo. Eu poderia falar de seu traseiro de mulher, de seu cheiro, de seus seios, de seus dedos, ela tinha tudo isso, mas a obra-prima era seu nariz. Era, em si, uma virtude sexual.

Eu estava no Bamboo, um bar cheio e animado da Queen Street, na noite em que a conheci. Estava em uma das mesas com um bando de pessoas: Justin Strawbridge, Dexter Alexander, um médico residente, não me lembro de seu nome, um dentista que trabalhava à noite, um programador de informática, um ator, o irmão caçula de não sei quem (que se preparava para ser um piloto de helicópteros) e um dançarino da companhia de Danny Grossman. Todo mundo estava bêbado, mas de uma maneira jovem e feliz. Nessa Cornblum também estava lá, sentada com duas outras jovens a uma mesa vizinha. Talvez sentisse que estava com o pessoal errado, que estava perdendo algo, porque ficava só olhando em nossa direção, esperando um pretexto, um olhar que pudesse captar, uma piada que pudesse compartilhar, algo que a fizesse abandonar seus parceiros ("Volto já") e juntar-se a nós. O que fez.

Não me senti especialmente atraído por ela, pelo menos imediatamente, coisa que ela percebeu, e isso, junto com minha idade — eu tinha trinta anos e ela, dezenove —, a intrigava.

Não sei quem foi que puxou o assunto de Isla La Mar, talvez tenha sido o médico residente; ou então pode ser que tenha sido um trecho de música, mas, de repente, Dexter gritou, expelindo dos pulmões uma fumarada que chegou ao teto: "Vamos voltar! Vamos arranjar um avião e ir para lá!".

O residente disse que não podia tirar férias no Caribe naquele momento, o dentista também não podia, mas Justin Strawbridge, com aquela mãe rica que tinha, endireitou-se na cadeira como se estivesse se lembrando de alguma coisa. "Bom, viva eu!", e bateu palmas. Foi um pequeno gesto, aquele aplauso, mas fechou a viagem. Naquela noite, dividi uma corrida de táxi com Nessa. A primeira parada foi em meu apartamento, na rua Euclid. Ela morava mais para o norte, em Forest Hill, com o rabino Cornblum e duas irmãs. Depois que dissemos boa-noite e desci do táxi, ela abaixou a janela e perguntou:

— Você tem em casa algo para beber?

Aquela foi nossa primeira vez juntos, mas, para ser franco, não foi grande coisa. Um toque teatral da parte dela. Não tenho nada contra gritos e contorções, ou falar obscenidades, mas com o correr dos anos descobri que querer estar ali é a coisa que faz um bom amante, e não toda uma rotina de ginásticas sexuais.

Enquanto Nessa ficava sob os lençóis, servi-me de uma dose de vodca, joguei dentro uma pedra de gelo e comecei a falar de Scott Fitzgerald. Aquele gregário bate-papo do apaziguamento sexual.

— O motivo de *O Grande Gatsby* parecer um livro maior do que realmente é — aqui, fiz uma pausa de efeito — é que todos os personagens se conhecem *antes* de a história começar. Dessa forma, há uns trinta ou mais relacionamentos diferentes, todos apresentados de imediato.

Mais um gole e uma olhada ruminante pela janela. (Já disse isso antes.)

— O que dá ao livro uma intensidade notável, motivo pelo qual ele parece ser um romance de quinhentas páginas.

— O que vocês, rapazes, vão achar se eu for com vocês para Isla La Mar? — perguntou Nessa, apoiada em um cotovelo e com um seio aparecendo.

— Como o quê?

— Como um dos rapazes. Mas estou vendo que você está hesitando. Está preocupado, tem medo de que tenha de tomar conta de mim o tempo todo. De que eu vá grudar em você feito uma lampreia.

— Sabia que as lampreias quase liquidaram os salmões e as trutas nos Grandes Lagos?

— Não, não sabia.

Sentou-se na cama e o lençol caiu, descobrindo totalmente seus seios. E acendeu um cigarro.

— E que um canadense inventou um veneno especial para matar as larvas de lampreias no leito dos rios?

Puff, puff.

— Dá para imaginar a inteligência de se fazer uma fórmula que mata somente uma espécie de ovos e deixa tudo o mais intacto?

— Uh, uh.

— Um cara canadense.

— Você já disse. Mas, qual é sua resposta?

— Eu não posso ficar tomando conta de você lá. Contanto que isso fique bem claro entre nós...

Pensando agora nessa conversa, aos sessenta anos, não entendo por que não fiquei mais alarmado sobre meu futuro, por que não entendi que estava perigosamente bem perto de terminar meus dias como um "desses caras" cuja companhia se procura em uma lanchonete de universidade, mas que, dali a quinze anos, é visto de relance em uma confeitaria: ainda está fazendo a mesma coisa, ainda tendo um papo animado sobre aquele segundo rifle no assassinato de Kennedy, ou sobre a maneira como Brando evitou que Al Pacino fosse eliminado em *O Poderoso Chefão.* Só que são três da madrugada, sua companhia é outra, e ele já disse tudo isso antes.

Levantamos cedo para pegar o voo para Isla La Mar e depois um micro-ônibus até San Agatha, uma vila de pescadores da costa norte. Havíamos estado lá três anos antes.

Durante o dia, Justin, Dexter, Nessa e eu nos aventurávamos pelas cavernas de águas verdes. À noite, bebíamos rum no bar do hotel e nos achávamos pessoas extraordinárias. Às vezes Nessa vinha para meu quarto e ia para a cama sem dizer uma palavra. Por trás do hotel a folhagem estava alta e tinha um ligeiro cheiro podre, e às vezes ouvíamos coisas se movendo lá, à noite.

Então, em uma das noites Nessa Cornblum não apareceu. Eu a vi no bar do hotel na manhã seguinte, tomando o café sozinha. O sol bronzeara sua pele. Sentada ali, com uma regata preta, parecia tão bonita, que tive medo dela. Perguntei:

— Então, jovem, onde esteve na noite passada?

Jovem. Vocês podem perceber o que eu estava tentando fazer — voltar para aquela zona em que tão facilmente vivera durante várias semanas, desde aquela noite em Queen Street. Mas, então, tudo já me parecia como se fosse uma terra estrangeira. E aquele som estranho, falso, da minha voz? Ela deve ter ouvido, deve ter entendido o que eu queria dizer.

— Eu cheguei tarde. Não queria acordar você.

— Você fodeu com ele?

— Sim — respondeu olhando para o omelete que comia.

— Quem?

— Um cara francês.

— Aquele que tem uma tatuagem no braço?

— Sim — respondeu tranquila, como se estivéssemos tendo uma conversa casual.

Uma semana antes, isso teria sido possível.

— Um cara de boa aparência — eu disse.

— Certamente.

Ouvi uma voz dentro de mim perguntando: "você acha que tenho uma boa aparência?".

Levantei-me.

— *Ok*.

— Tome cuidado hoje — disse ela.

Três garotas da Universidade do Sul do Mississippi entraram no bar. Uma delas estava muito vermelha. Caíra no sono na praia. Havia crianças brincando no pátio, enquanto seus pais tomavam o café da manhã, e fizeram caretas. Era bem um hotel de família.

— O que quer dizer com isso? — perguntei.

Nessa olhou para mim franzindo a testa. Eu estava me sentindo cada vez pior, como se houvesse uma corda escapando das minhas mãos. Eu não a conseguia segurar.

Fui para o quarto de Justin, no segundo andar, ao lado do meu. A porta estava aberta. Ele estava sentado na cama, descalço, tocando violão. E escrevendo as letras e a progressão de acordes da música. Olhou para mim, depois baixou os olhos para o caderno e levantou imediatamente, de novo, o olhar para mim.

— Espero que você não tenha se apaixonado por ela — disse ele.

— Nada disso.

— Isso lhe custaria uns dois anos.

— Isso o quê?

— Apaixonar-se por ela. Entrar nisso, sair disso, superar isso. Pelo menos uns dois anos.

Eu disse:

— Pensei que iríamos à praia hoje.

Ele respondeu:

— Por que não vamos à Pamela comprar alguma coisa, em vez disso?

Só a ideia já o energizava. Colocou o violão na caixa rapidamente, como se pelo fato de ter tomado uma decisão temesse que a oportunidade de *agir* pudesse passar.

Eu disse:

— É um belo violão.

Ele disse:

— Vamos.

Então, fomos até o bar de Pamela e compramos três ou quatro cápsulas de anfetamina e as engolimos com uma cerveja morna. A cerveja de Pamela não era gelada, nunca.

Logo depois Dexter apareceu vestindo *jeans* cortados e cobrindo a cabeça com uma camiseta. Seus ombros estavam recobertos de cicatrizes de acne. Perguntei onde estava Nessa.

— Fodendo com o francês dela — respondeu.

Dexter era daquela espécie de amigo que só se tem quando é este momento.

Embalados pela anfetamina, resolvemos pegar a estrada — toda a ilha nos parecia ter sido pintada de verde e ouro. Olhando para meus amigos, e para um dia e uma noite de aventuras que nos esperavam, pensei: "Bem, aproveitei bem minha vida. E a prova disso é este momento".

Não encontrei Nessa em San Agatha, e nem na multidão que enchia a rua, nem nos bares, e nem em uma dança de salsa que houve na praia naquela mesma noite. O que foi ótimo, até a aura da droga começar a se dissipar. E então, minha vida, com suas brilhantes conquistas, começou a se desintegrar como papel molhado.

Voltando para o Hotel La Mar lá pela meia-noite, vendo o oceano submisso rolar, eu a vi descendo a estrada em nossa direção. Estava sozinha e parecia, quando resolveu se juntar a nós, que eu podia sentir algo em sua pele maravilhosa, sob o óleo de coco, mesmo sob o suor causado pelo dia tropical. Abri a boca para falar, mas no meio da sentença uma espécie de autoconsciência de língua seca se insinuou. Justin deve ter notado isso, porque me lançou um olhar irritado. "Onde é que ela vai dormir esta noite?", pensei. "Será que virá me ver?"

Vinte minutos depois estávamos instalados em espreguiçadeiras, no balcão, diante de meu quarto. Dexter estava no andar térreo, no bar, com as garotas do Mississippi. Estavam dançando ao som de antigas canções *pop* norte-americanas que haviam sido gravadas com uma batida de *reggae*. O que fazia que uma canção como *Duque of Earl* tivesse um som agudo, subversivo até. Eu estava para dizer isso, uma percepção impressionista, claro, mas então pensei: "*subversivo*? Que bobagem era essa?".

E então me lembrei daquele crítico de cinema de Toronto, aquele de cara de macaco que gostava de ficar falando que os filmes eram "subversivos". Ele imaginava que isso o colocava em uma posição de superioridade em relação ao público, implicando um patamar superior de sofisticação.

A música parou. Ficamos sentados em um silêncio úmido. Ouvimos um grito vindo da folhagem que havia atrás do hotel, parecia que algo segurava algo pela garganta — um coelho, talvez, mas parecia o som de um bebê sendo assassinado. Pouco depois, tive a sensação de que eles, Justin e Nessa, estavam esperando que eu fosse embora para que pudessem se encontrar a sós. Eu disse, deixando que a vida me ferisse, que me assassinasse como acontecia com aquele animal na floresta:

— Vou descer para pegar uma cerveja.

Justin disse:

— Pode trazer uma para mim também?

E Nessa acrescentou:

— Para mim também.

— Vou precisar de três mãos — eu disse para que alguém fosse comigo.

— Não se preocupe, deixe para lá — disse Justin.

Pensei que ali estava a prova. Eu teria de ir sozinho. Eu teria de deixá-los sozinhos.

Desci e pedi ao *barman* de pescoço comprido duas cervejas, uma para mim e outra para Nessa. Quanto tempo seria necessário para fazer aquilo? Inclinar-se, abrir a geladeira, pegar duas latas de Red Stripes, abri-las e colocá-las em minhas mãos. Mas mais parecia que se tratava de colocar um homem na Lua. Dexter e as garotas do Mississippi estavam com acessos de riso. Alguém dizia constantemente: "Meu Deus, meu Deus!".

Subi a escada. Os cães latiam para mim no pátio. Sabiam que havia algo de errado. E quando cheguei ao topo da escada, Nessa estava sentada no colo de Justin, inclinada para frente ostensivamente para contemplar o luar, mas de maneira a fazer que seus seios roçassem os lábios dele. E parecia incrível — e ao mesmo tempo totalmente lógico — que aquela coisa terrível estivesse acontecendo comigo.

Mas, então, Justin disse:

— Você tem de se levantar, Nessa.

Falou como se fala com um ladrão que esteja novamente enfiando a mão em nosso bolso. De uma forma mecânica, mas firme. E eu me lembrei dele em um baile de Ano-Novo no hotel de inverno, quando eu tinha catorze anos, sua mão em meu ombro e todo o salão olhando para mim. "Como ele é bondoso!", pensei.

Deixamos a ilha alguns dias depois, Justin voltando para seu escritório de advogado e eu, para o ministério. Dexter ficou com uma viúva australiana mais velha que tinha uma casa na praia. Não vi Nessa, mas mais tarde ouvi dizer que ela se juntara a um dos alemães que tinham o Kaiser's Café, até que um furacão varreu todo o local, incluindo o alemão, para o mar. Mas, nessa época, Nessa havia partido havia muito, feito um curso de atuação teatral em Nova Iorque, e passara a viver com o diretor de um musical popular.

Mil eventos se sucederam: esposas boazinhas vieram e se foram, e tive filhos que até hoje me parecem tão extraordinários, que me é difícil deixá-los passar pelo meu sofá sem que eu estenda os braços e tente agarrá-los.

Então, um dia, três décadas depois daquela noite no balcão do hotel, recebi uma carta vinda de uma cidadezinha do norte do estado de Nova Iorque. Uma carta de Nessa Cornblum. Bem, um daqueles dias ela pensara em Isla La Mar e em toda a diversão que havíamos tido lá, e, por falar nisso, dentro de algumas semanas ela viria até Toronto, o rabino estava passando mal, será que eu não gostaria de tomar um drinque com ela?

Mostrei a carta a Rachel. (Regra número um para não se estragar um casamento: se a coisa parece algo que se deveria manter em segredo, provavelmente estamos fazendo a coisa errada.)

— O que você acha que ela está querendo? — disse Rachel.

— Não sei. Talvez seja nostalgia.

— Antigas namoradas não procuram antigos namorados só por nostalgia. Mas sim porque a vida delas não está indo bem e querem saber quem ainda tem interesse nelas.

Não respondi a Nessa. Mas então, uma manhã, alguns meses depois, acordei cedo demais em nossa casa da Kensington Market. Era a estação morta, o fim de fevereiro em Toronto, a neve entrando pela varanda, o céu descorado, lixo no meio-fio. Um cachorro pulguento esfregando o traseiro na calçada congelada. E por um motivo que não entendo (mas que não me surpreende), saí da cama sem fazer barulho (minha mulher dorme como uma criança) e fui até a escada que dá para o porão. Destranquei a porta e acendi a luz. Havia um cheiro desconhecido lá, não sei de que, mas não gostei nada daquilo e fiquei assustado. Uma vez eu havia visto um rato lá, e ao sentir aquele cheiro, aquele *je ne sais quoi,* lembrei-me dele, de como surgira por trás de um velho quadro a óleo. Ratos de caudas longas, aqueles.

No porão havia caixas cheias de velhas agendas, cartas que nunca se lê, suéteres desbotados, contas de luz, galochas, um caniço de pesca, declarações de imposto de renda, um martelo quebrado, coisas assim. Mas também havia algo mais: um vidro de cápsulas de OxyContin. Analgésicos que quase ninguém usa para dores. Eu nem me lembrava de como os havia adquirido, um lapso de julgamento talvez, mas, de qualquer modo, ali estavam eles. O que posso dizer?

Guardá-los no porão, porém, em um lugar cujo cheiro me fazia imaginar a existência de ratos, parecia um excelente jeito de impossibilitar seu uso. Quem poderia descer lá, especialmente no meio da noite, em uma época em que a maior parte da vida já fora gasta? Havia muito pouca probabilidade, também, de que Rachel descobrisse aquela coisa lá. E mesmo que fizesse isso, digamos, se eu por acaso fosse morto em um tiroteio com ladrões de bancos, ela veria a data do frasco etc. Mesmo depois de morto, eu queria que ela pensasse bem de mim. (Ela estabelecera duas regras para nosso casamento: nada de mulheres nem de pílulas. Quem contestaria isso?)

E a coisa funcionou. Na maior parte do tempo, funcionou, de tal modo que acabei esquecendo que as pílulas estavam lá. Mas, naquela manhã de fevereiro, lembrei-me subitamente delas. E como acontece com os marinheiros na *Eneida,* desci a escada. Bati palmas com força para espantar os ratos, sacudi com um bom chute a caixa, também por causa dos ratos, e descobri o que eu procurava dentro de um patim de criança. Parti a cápsula em duas, coloquei-a na boca e mastiguei. Gradualmente o dia começou a assumir uma espécie de melancolia agradável e literária, como acontece no início de *Moby Dick*. E como aquele cara em *Moby Dick*, eu realmente estava partindo para uma aventura — a baleia, é claro, formando uma única entidade com o homem que a perseguia.

Começava a cair granizo e as bolinhas duras batiam na janela. Dois índios, de rosto marcado pela varíola e nariz cheio de bulbos, passaram perto da janela, empurrando-se e se divertindo com as bolas de neve. Um deles tinha uma garrafa de Sherry ou de vinho, acho que haviam acabado de comprá-la, porque estavam começando a ficar bêbados. Lá pela noite, ou pelo crepúsculo... quem sabe? Todos nós teríamos um crepúsculo.

O OxyContin desencadeou outra coisa. Eu estava tentando "arrumar" minha escrivaninha quando dei com a carta de Nessa e a reli. Parecia mais interessante que antes. Pensei: "Se voltei para a casa que tinha uma espinha quebrada, se voltei para meu antigo dormitório, para o festival de filmes, por que não voltar para Isla La Mar?". Só para refletir sobre a estupidez da vida e as paixões perdidas. Romeu e Julieta em um balcão, no Caribe. Esplêndido! Poderia ser o capítulo final, o epílogo, a neve caindo no fim do conto *Os mortos*, de Joyce. Tão perfeito. Tão inspirador. Tão OxyContin!

Liguei para uma agência de passagens aéreas enquanto pensava: "Se eles tiverem um voo, eu vou". Imaginei a ilha banhada pelo sol. Vi uma laguna e uma pedreira atrás dela. Um veleiro ancorado, balançando levemente. Pessoas mergulhando na entrada de uma caverna. "Sim", pensei, "é isso o que vou fazer". Vou para Isla La Mar, para nadar duas horas por dia, ficar bronzeado, perder peso, vou voltar para o balcão daquele lindo hotelzinho nas rochas. Haverá garotas lindas da Universidade do Mississippi no bar, famílias com criancinhas correndo pelo pátio, casais franco-canadenses com tatuagens iguais no bíceps (que bela raça!), talvez dois rapazes no bar, como Justin e eu, bebendo demais e criando uma confusão. Talvez eu troque algumas palavras com eles, uma espécie de caução. Eu diria... o que eu diria... não importa, na hora vou saber.

Imaginei a alegria do hoteleiro ao me ver. A mulher dele saindo do interior fresco e penumbroso da casa, sua afetuosa desaprovação. Que andara eu fazendo tanto tempo? Há quantos anos... quinze, vinte anos, desde aquela primeira vez em que eu lera Tolstói. (Como me parecia *tolstoiano* tudo aquilo, realmente! O ciclo das pessoas, do tempo, dos lugares e... e assim por diante.)

Rachel recebeu as novidades discretamente ("Você foi ao médico recentemente?") e foi dormir no quarto de hóspedes do terceiro andar.

Cinco horas da manhã. O despertador dispara. Lá está, na mesinha de cabeceira, minha passagem aérea. Não foi um sonho, afinal. Descendo as escadas como um fantasma bêbado (nossa, aqueles comprimidos de OxyContin provocam uma ressaca danada!) consigo chegar ao porão. Bato palmas. Será que houve certo movimento lá atrás daquela cópia de Rembrandt? Olho para o quadro sob a luz forte. Rachel tem razão: é deprimente. Deprimente e amador. Pode ter quatrocentos anos, mas eles também tinham maus pintores naquela época. Bato palmas de novo. Sim, tenho certeza. Algo se mexeu ali, por trás da caixa de livros.

Pego um comprimido e esmago-o com os dentes. É imaginação minha ou realmente o efeito é instantâneo? O horror vai diminuindo, como uma maré. Estou no porão, certo. E ele tem um cheiro, mas *voyons, mon vieux*, porões são porões. O que era aquele barulho, que horror, que rato? E aquela pintura. Ela tem certa elegância.

Certa elegância.

Volto para a escada com o frasco de comprimidos na mão. Tenho tanta coisa para fazer, arrumar minhas nadadeiras, meu material de mergulho, minha máscara. Irei de *short* e sandália até o aeroporto. A regra do bom escoteiro: viajar com bagagem leve. Esta tarde o sol quente já estará sobre minhas costas, já posso ouvir a voz doce, com cheiro de conhaque, de Cesária Évora, e a conversa barulhenta dos felizes turistas em um bar perto do rochedo. Coloco o frasco de OxyContin no bolso interno de minha valise de mão, e então, intuitivamente, mudo de ideia, como se alguém houvesse diminuído as luzes de um teatro. Há coisas que não se deve arriscar. E se minha valise ficar perdida na alfândega? E se eles usarem o raio X e encontrarem meus comprimidos? Não sou tolo para arriscar tanto. Coloco o frasco no bolso de minha camisa, dando-lhe um tapinha reconfortante.

A limusine chega. Pulo na parte de trás. Vamos embora. *O balcão.* Estou voltando para aquele balcão do Caribe. Vejo o lago Ontário à minha esquerda. A água cinzenta. Há até um corredor solitário — coitado, não está viajando comigo hoje. Pego meu *notebook.* Devo escrever tudo. Os próximos dias serão, talvez, os dias mais importantes de minha vida. Escrevo, escrevo. Vejo-me como uma espécie de Marcel Proust — por causa do OxyContin. Registrando os mínimos detalhes da existência humana. *Marcel et moi.*

Mal o avião se equilibrou, pedi um *bloody mary*. "Gosto de beber quando estou voando", digo ao jovem e afável casal que está sentado ao meu lado. Tomo notas, vou ao banheiro quinze vezes, converso com a comissária de bordo, tomo mais *bloody marys,* começo a ver um filme, lento demais, e volto para o banheiro. Há sempre um monte de gente lá, dá para conversar...

Três horas de voo. Sinto-me ligeiramente cansado. Hum... O que poderia ser? No banheiro, contemplo meu rosto. Minhas pupilas estão contraídas, parecem cabeças de alfinete. Parece que já emagreci. Que ótimo! Vou voltar para casa com as roupas sobrando...

No entanto, as coisas não são tão leves, tão estimulantes, como há uma hora. Aconteceu alguma coisa? Aquela mulher realmente cortou nossa conversa do lado de fora do banheiro meio bruscamente. Bem, isso já me aconteceu antes: mulheres de meia-idade, não sou exatamente o tipo delas, é como se... sim, deve ser isso!

Procurando em meu bolso, encontro um quarto de comprimido de OxyContin (antes de sair de casa, eu os partira em porções) e o mastigo, e, sim, logo mais me descubro engajado em uma conversa com o casal que está ao meu lado: há quanto tempo estavam juntos, como haviam se conhecido, o que a família de cada um pensava de "tudo aquilo"? Eles estavam meio espantados por alguém poder estar tão fascinado pela história de sua vida. Eu tinha um milhão de perguntas: a vida em uma fazenda pequena a duzentas milhas de Calgary, consertos na casa, tudo aquilo!

No final da tarde, o micro-ônibus estava passando por San Agatha, na costa norte de Isla La Mar. Havia dezenas de jovens negros parados na praça da cidade, aborrecidos, esperando turistas a quem pudessem se vender. Seguimos pela praia até o West End, uma paisagem pontuada de copos de papel, garrafas, papéis de balas. Os bares e cafés, a própria estrada, estavam estranhamente vazios.

— Onde está todo mundo? — perguntei.

Pelo espelho, o motorista me lançou um olhar de ameaça contida a custo.

— Eles não vêm mais até aqui — disse.

E continuou a me olhar de um jeito que eu conhecia muito bem; aquele "o que eu posso entender no rosto desse cara".

Coloquei a testa no vidro quente. Minhas têmporas doíam. Uma mulher negra e gorda estava sentada em um banquinho, diante de uma cabana. Camisetas e gorros de tricô estavam pendurados em uma janela por trás dela. Era Pamela, esperando um ônibus carregado de turistas a caminho do Café Havana para contemplar o pôr do sol e dispostos a experimentar seus bolos feitos com maconha. Só ficar pensando nela e neles e na trivialidade daquele pôr do sol me cansava. O motorista ligou o rádio. Um *reggae* terrível, fraquinho. Uma forma artística decadente. Ninguém mais, depois de Bob Marley.

Mas, o que estava acontecendo? Por que meu humor mudara tanto? Claro que tinha de tomar mais um OxyContin. A depressão estava chegando, muito forte. Um momento muito preocupante. Mas durou pouco — pouco a pouco as cores foram voltando para o oceano, para as palmeiras, para as cabaninhas amarelas à beira da estrada. A música voltara a ser atraente. "Não mais que isso", pensei, e se pudesse só ficar assim, o dia todo, todos os dias, eu ficaria feliz pelo resto da vida.

Então, comecei a pensar em Nessa Cornblum, em seu belo rosto jovem olhando pela janela do micro-ônibus quando havíamos feito a mesma viagem, três décadas atrás, com os últimos raios do sol brincando nos traços de seu rosto, e eu me apaixonando por ela e nem dando por isso. Pensei: "Como estará ela agora?".

Pedi ao motorista que me deixasse ali mesmo, na estrada que ia dar no hotel. Queria ir caminhando devagarinho por ali. Ele parou.

— Dez dólares — disse.

— Eu já paguei.

— Não, esta é a taxa da gasolina. Todos têm que pagar.

— Eu não vou pagar.

Ele ficou olhando enquanto eu retirava a mala do porta-malas e resolveu lançar sua última cartada.

— Não gosta de negros?

— Não muito. Acho que não é sempre que você ouve isso, não é?

E fui caminhando devagar pela estrada. E a tabuleta estava logo ali, em letras cor do mar: HOTEL LA MAR. PROPRIETÁRIO: MR. DEVANE JOHNSTON. Subi os degraus da frente e dei uma olhada no bar onde Dexter havia dançado com as garotas do Mississippi. Bem na entrada havia um portão preto, metálico, com um cadeado comicamente enorme. Olhei por entre as barras da porta. Vestidos velhos, camisas e calças e sapatos estavam amontoados sobre as mesas onde Nessa costumava tomar seu café da manhã, onde me dissera: "Tome cuidado com você hoje". O bar parecia ter sido relegado a uma espécie de quarto de despejo para coisas que ninguém queria mais. Onde estariam elas, aquelas garotas do Mississippi?

Uma luz brilhava dentro do hotel. Fui em sua direção. Devane Johnston, agora um homem grisalho, estava sentado em um pequeno escritório sem janelas, diante de uma tevê. O tubo do aparelho estava arruinado e a tela lançava uma luz verde e desagradável sobre ele. Na parede, por trás de Devane, havia uma mancha de gordura circular marcando o lugar onde ele costumava apoiar sua cabeça.

— Devane? — perguntei.

Ele dormia.

— Devane?

Seus olhos se abriram em seu grande rosto negro.

— Podia ter caído do caminhão de gelo...

Parecia estar sonhando ainda.

— Lembra-se de mim, Devane?

Ele esfregou o rosto com a mão e olhou para mim novamente. Eu podia sentir sua respiração. Depois de um momento, ele disse:

— Você ainda está aí.

— Bem, já faz alguns minutos que estou aqui. Sim, sim, eu voltei.

Eu podia ouvir o silêncio do hotel.

— Onde estão todos os seus cachorros?

— Alguém os envenenou.

— Não arranjou outros?

— Não. Não quero mais cachorros.

Seu olhar voltou para a tela da televisão. Era um jogo de futebol.

— Quem está jogando?

— Nem sei, realmente.

Ficamos ali sentados um momento enquanto as figuras verdes e rígidas se exibiam na tela. Ele pegou o telefone e discou um número. Disse meu nome e acrescentou algumas palavras em dialeto local. E repetiu mais energicamente o que dissera.

— É sua mulher, Aiesha?

— Hum...

"Que bom!", pensei, pois sua mulher sempre gostara de mim.

— Onde estão os outros hóspedes?

— Não há nenhum.

Perguntei o que acontecera com aquele garçom magro e um tanto tímido que trabalhava ali. Havia ido para os Estados Unidos com uma garota que conhecera no hotel. Perguntei sobre a amante de Devane, aquela com a qual ele tanto se divertia enquanto Aiesha dava aulas em uma escola em uma ilha meio longe, em Porto Príncipe.

— Vai bem, ainda.

Comecei a fazer mais perguntas, mas logo notei que não havia reciprocidade. Ele não me perguntava nada sobre de onde eu viera, havia quanto tempo estava na cidade, nem mesmo se eu ficaria em seu hotel. O que para mim era uma espécie de desapontamento. Eu vivia contando para meus filhos sobre o famoso Hotel La Mar e seu proprietário. Sobre o antigo oficial da polícia que deixara a corporação, na ilha, emigrara para a Inglaterra, formara-se em engenharia enquanto criava quatro filhos, e depois voltara para San Agatha para construir o hotel com as próprias mãos. Um hotel que durante muitos anos fora um refúgio de férias para a classe média canadense e seus filhos pequenos.

Para ser honesto, eu havia imaginado que ele poderia ficar curioso sobre o que eu fizera naqueles anos todos, deixe-me ver, vinte, vinte e cinco anos. Aparentemente, isso não aconteceu. Falei de uma viagem que havíamos feito antes, Devane e eu, em sua caminhonete, até a extremidade sul da ilha, para comprar uma geladeira nova. Ele nem se lembrava dela. Lembrei que, naquele dia, havíamos carregado um pobre garoto que estava com insolação, de Kansas Ciy até seu quarto. Não se lembrava daquilo também.

— Você ainda guarda uma arma em seu cofre?

Alguém fez um gol, e da telinha verde saiu um canto enjoativo de um jogo de um time inglês.

— Será que você pode desligar a tevê um momento? — perguntei.

— Claro.

Dei um tiro final nele. Relembrei Justin Strawbridge e contei a história do assassinato de Duane Hickok. Parecia que aquela era a única coisa de tudo que eu dissera até então que o interessara.

— Mas ele está bem agora? — perguntou Devane.

— Bem, está fora da prisão, se é o que quer saber.

— Que bom! É isso o que interessa.

Achei meio intrigante essa sua observação. Por acaso havia um tom meio triunfante no que eu dissera? Será que eu estava me regozijando com a desgraça de um velho amigo?

— Eu gostaria de passar uma ou duas noites aqui, Devane. Será que posso ficar em meu quarto antigo, o que fica lá em cima e tem um balcão que dá para a rua?

— Tem ar-condicionado agora.

— Vai ser uma noite fresca. Não vou usar.

— O ar-condicionado tem uma taxa extra de vinte e cinco dólares.

Desviei o olhar para esconder meu embaraço.

— Tenho de pagar agora?

Um homem muito magro apareceu na porta. Estava usando uma calça *jeans* vários números mais larga que ele, presa por um cinto que também era comprido demais e estava pendurado na frente da calça como se fosse uma cobra. Seu nome era Lee; ele carregou minha mala e desapareceu com ela na noite — eu podia ouvir seus pés subindo a escada para o quarto que ficava quase em cima de nós. O quarto que tinha um balcão.

Eu me preparei para sair.

— Ah, Devane... Lembra-se de Nessa Cornblum? A garota que tinha um nariz bonito?

— Nessa? — perguntou Devane, inclinando a cabeça para um lado.

— Aquela que o atormentou tanto.

— Sim, ela mesma.

Ele deu uma risadinha e deslizou um pouco pela cadeira, colocando as mãos na barriga.

— Ela voltou aqui, alguma vez?

Ele ficou meio pensativo.

— Sim. Há uns cinco ou seis anos. Estava procurando alguém.

— Quem?

— Um cara francês.

— Ela se demorou aqui?

Ele pensou um pouco, descansando a cabeça sobre o círculo de gordura na parede.

— Só ficou uma noite. Depois desapareceu.

Eu podia ouvir o coaxar dos sapos na folhagem, lá atrás do hotel.

— Com certeza ela o encontrou — disse Devane, e deu novamente uma risadinha.

Será que ele estava me provocando?

— Sinto muito por seus cachorros — eu disse, levantando para sair.

— Eu sei quem fez aquilo, mas não posso provar.

Ao atravessar o vestíbulo, eu podia ouvir ainda o barulho do jogo de futebol. Como se fossem homens mortos se agitando.

Fui até a frente do hotel e sentei nos degraus da entrada. O que acontecera? Quem era aquele homem no escritório sem janelas? Meu "velho amigo" Devane? Meu Deus. Como eu pudera ser tão ingênuo? Ou será que ele apenas envelhecera, um velho com um hotel decadente e que não ligava a mínima para nada mais, inclusive para sua mulher, com a qual falara ao telefone com um tom de voz frio e impessoal, como os habitantes da ilha falavam com seus empregados. Lembrei, então, que ele nem se preocupara em sair do hotel para me dizer alô.

Uma mão tocou meu ombro. Dei um pulo. Era Lee, o homem que levara embora minha mala.

— Quer que eu mande uma moça para seu quarto?

— Uma moça?

Ele fez um sinal afirmativo.

— Onde você iria arranjar uma moça, Lee?

Ele apontou para a extremidade do hotel, um anexo feio, de cimento, de dois andares, que mais parecia um motel da Flórida. Um varal com umas poucas e fantasmagóricas peças de roupas pendia em sua fachada.

— Você quer dizer que elas vivem aqui, na propriedade?

Ele fez que sim com a cabeça.

— Quando foi que isso aconteceu?

— Aconteceu o quê?

— Há quanto tempo Devane permite que putas vivam no Hotel La Mar?

Ouvi o som de uma televisão no andar de cima.

— É o Larry — ele disse. — Do Texas.

— Só eu e as moças e o Larry lá em cima? — perguntei.

— Sim, senhor.

Respondeu mecanicamente, como se estivesse apenas repetindo o óbvio. Depois, olhou novamente para mim com aqueles olhos injetados.

— Então, posso arranjar uma mulher para o senhor passar a noite?

Subi para o primeiro andar e me instalei em uma espreguiçadeira, no balcão fronteiro ao meu quarto, tentando pensar sobre Nessa e Justin e aquela noite sob o luar. Como eu me sentira ao vê-la sentada no colo dele, como se uma pesada barra de ferro houvesse se projetado do escuro e me atingido em cheio no peito. A personificação de tudo que se teme... Mas a cadeira estava suja e eu precisei entrar de novo para procurar uma toalha e limpá-la. Ninguém limpava mais nada no Hotel La Mar.

Assim que me acomodei, ouvi passos subindo a escada. Era Larry, do Texas. Um homem de aparência tranquila, usando uma camisa verde com bananas amarelas brilhantes. De minha idade, uns cinquenta e poucos anos, usando uma proteção de plástico branco no nariz. Com aqueles ralos cabelos louros, devia ser particularmente sensível ao sol do Caribe. Conversamos um pouco. Achei reconfortante aquela sua tranquilidade sulina. Sugeri que poderíamos tomar um drinque.

— Eu bem que gostaria, mas estou voltando amanhã para casa — disse ajustando seu boné de beisebol e esquadrinhando a estrada.

Tirou seus óculos de sol, revelando um par de extraordinários olhos azuis.

— Não quero que o verão deste ano seja igual ao do ano passado.

— Como assim?

Mas ele não respondeu. Fixou aqueles brilhantes olhos azuis na estrada, como se esperasse alguém surgir na curva vindo em nossa direção, mas sabendo, ao mesmo tempo, que ninguém viria. Fiquei pensando um pouco sobre aquela frase "não quero que o verão deste ano seja igual ao do ano passado". Parecia haver algo de sinistro nela, como se algo murmurasse "fique atento". Mas atento a quê?

Já estava escuro quando resolvi descer a estrada. Fui caminhando até chegar à praia. Estendi meus braços como fazia antigamente — mas naquele tempo eu era muito mais magro. Um vento se levantara e as ondas arrebentavam contra a amurada, e durante alguns minutos fiquei feliz de estar ali, de volta. Mas também podia sentir que havia alguma coisa atrás de mim, uma mancha de escuridão, ar pesado, como se eu estivesse sendo perseguido por ela. Pude ver um roedor correndo para buscar abrigo entre os arbustos.

Tomei outro OxyContin e gradualmente, momento a momento, parecia que a noite se tornava mais aguçada, e as estrelas também, e o ar ficava denso de mistério e de significação. Parei diante de uma danceteria vazia — luzes vermelhas e verdes percorriam o salão, como se fossem um louco brandindo um machado.

Percorri San Agatha inteira naquela noite. Achei tudo muito provocante (na ida) e docemente triste (voltando), divertidamente irritante (mais além), e irritante de um modo totalmente não divertido (descendo, descendo), um argumento persuasivo para a pena capital. Então, tomei outro OxyContin, moído entre os dentes, e as coisas mudaram novamente. Entendi calorosamente aquela situação de Terceiro Mundo, muito cômoda em relação aos parasitas e traficantes de drogas. Que vivam e deixem viver, isso é o que eu acho!

Tomei um táxi para ir até o fim da praia. Depois, tomei um táxi para ir longe, por entre os rochedos. Caminhei e caminhei, dependendo das drogas para as diversas visões que ia tendo, de mim e de minha vida. Alguém me contou que com a maré muito alta daquela manhã uma garota da Califórnia havia sido varrida das rochas e lançada ao oceano. E alguém mais disse que ela devia ter feito alguma coisa para sofrer uma desgraça dessas.

Perto das quatro da manhã, eu estava cruzando o pátio e me encaminhando para a escada que ia dar em meu quarto quando vi uma moça negra sair de uma porta, nos fundos da propriedade. Devia estar esperando alguém ali. Era magra como uma serpente e usava uma camisa púrpura e *jeans*, parecendo flutuar sobre a grama em minha direção. "Quer uma massagem nas costas?", perguntou. E eu pensei: tudo que preciso para arruinar minha vida é concordar e deixar que ela suba as escadas atrás de mim, passando pelo balcão de Nessa, e entrando em meu quarto. E como se fosse um homem que observa um metrô sair do túnel em sua direção, pensei que poderia fazer aquilo mesmo. Poderia pular daquela plataforma bem no trilho do trem e ninguém jamais saberia que eu havia feito aquilo só porque podia fazer, porque obviamente era a coisa errada a ser feita.

Quando voltei para meu quarto, peguei minha mala, tomei uma pílula para dormir, saí e deitei em uma daquelas espreguiçadeiras no balcão. Pouco tempo depois comecei a sentir um gosto de amêndoas, sabendo que a pílula que eu tomara logo começaria a lenta e tranquilamente a me afogar. E meu último pensamento foi: "Que jovem frívolo eu sou!".

Não sei quanto tempo dormi. A porta de um carro batendo me acordou. Uma mulher gritou meu nome perto da janela. Uma súbita lufada de vento soprou no quarto, com as cortinas se agitando como espíritos ensaiando um voo. Separei as lâminas da persiana e dei uma olhada lá para a ponta da propriedade. Alguém havia recolhido o varal e as camisas estavam agora estendidas na grama. Dois holofotes iluminaram a cena e um carro vermelho passou devagar pela rampa de acesso. De dentro, vinha o som de uma música. Quando o carro passou debaixo de minha janela, vi o medonho motorista. Havia uma garota de camisa púrpura ao seu lado. Ela deu uma olhada para minhas cortinas. Dei um passo atrás. O carro saiu de vista, continuando pela rampa. Depois, ouvi que voltava e acelerava na direção de San Agatha.

Saí para a varanda. Dava para ver as luzes brilhantes dos grandes hotéis, do outro lado da baía. Casais e famílias dormindo, seguras em suas camas, todos juntos. Ao fundo, havia o reconfortante ruído do ar-condicionado.

Não havia mais pílulas, e eu me senti deslizando para um estado de tristeza assustada, realmente um lamento, um lamento pela vida, por todo aquele tempo que eu gastara ali quando era jovem. Pelas terríveis ressacas, pelo descabido caso de amor com Nessa Cornblum, pelo despropositado sofrimento que envolvera. Mas havia algo mais — a desmoralizante consciência de que durante anos e anos, até os trinta e tantos anos, eu me persuadira de que o fato de ter ficado bêbado no bar do Hotel La Mar e falado sobre Rimbaud havia sido uma espécie de realização.

"Não quero que este verão seja como o último", havia dito Larry. Sim, agora eu entendia isso.

Havia um frêmito frio no ar. Cruzei os braços e esfreguei-os. Estava ficando claro, os primeiros clarões da aurora estendiam-se sobre a baía. Algo se moveu no limite de minha visão. Virei a cabeça lentamente. Era como se uma gigantesca concha houvesse sido tecida durante a noite e pendurada na ponta de um fio. Que espécie de animal poderia ter feito aquilo? Mas não era uma concha. Era um homem pendurado pelo pescoço, em um varal. O ombro dele se virou lentamente em minha direção. Era Larry. Larry, girando lentamente à brisa da manhã. Um galo cantou. E então, os cães despertaram.

A polícia ainda estava lá quando o táxi chegou. Estavam lá em cima, onde vivia Devane. Pensei ter ouvido o som de uma gargalhada. Eu me esquecera de uma coisa: Devane havia sido um policial.

Não me preocupei com a despedida. Enquanto nos afastávamos, a última coisa que vi do Hotel La Mar foi a puta que usava roxo na noite anterior. Estava parada no balcão, fora do quarto de Larry, usando o protetor de nariz dele no rosto, além de um par de óculos de sol cor-de-rosa em forma de coração. Dentro do quarto de Larry havia outra mulher. Dava para vê-la pela porta aberta. Segurava uma camisa verde com estampa de bananas, tentando decidir se gostava dela ou não.

O táxi foi descendo devagar a estrada, passando por Pamela em seu banquinho, passando por um grupo de homens brancos, gordos, que vestiam regatas, passando por aquelas pequenas e tristes barracas de beira de estrada, depois por um campo de golfe e por um louco envolto em ataduras que gesticulava de modo selvagem na ponte sobre o rio Green. Alguns minutos depois, em uma dada extensão da estrada, um vento quente começou a soprar, atingindo o carro, como se fosse um estrangeiro expelindo uma lufada de ar de seus pulmões bem no rosto das pessoas. Havia uma tabuleta à esquerda da estrada: VOCÊ ESTÁ SAINDO DE SAN AGATHA.

Uma criança de vestido cor-de-rosa deu uma rápida olhada por sobre seu ombro e desapareceu na margem do rio.

8

O pombo

Uma amiga minha, uma bela sino-canadense, descobriu recentemente que seu ex-namorado — a iniciativa da separação fora dela — andara dormindo com outra mulher durante todo o tempo do relacionamento com ela. Ficou meio desorientada por uma semana ou pouco mais, espantada com aquilo. Como havia acontecido? Como ele podia voltar para casa no final do dia e perguntar: "O que tem para o jantar?", se apenas uma hora antes estivera batendo a cabeça de alguma caloura qualquer na cabeceira de sua cama?

E por que ele resolvera contar para ela depois? Sugeri que provavelmente ele esperava despertar alguma terrível ciumeira que poderia, talvez, fazê-la voltar atrás em sua decisão. Ou apenas para ficarem quites, talvez.

Citando um velho provérbio chinês, minha amiga disse:

"Se quiser se vingar, cave uma sepultura para dois".

Sim e não (embora, certamente, eu não houvesse dito isso na ocasião). Lembrei-me dela um dia desses, de minha amiga chinesa, quando fui ao centro de transmissões da CBC. Falavam de minha possível participação em uma daquelas mesas-redondas — particularmente, da que falaria sobre o motivo pelo qual os romances de Jane Austen dão bons filmes. Eu estava esperando pelo produtor do programa quando vi René

Goblin no saguão. Estava mais velho, com os cabelos grisalhos, e suas bochechas rosadas ainda brilhavam quando sorria. E ele ainda usava aqueles óculos pretos, de aros pesados, que o faziam ficar parecido com algum ditador africano deposto (por que esses homens são sempre tão feios?).

Eu havia esquecido. Havia pouco tempo, René Goblin passara de crítico menor do *The Globe and Mail* a apresentador de um programa radiofônico de vanguarda, que ia ao ar depois da meia-noite. Ele estava na mesa de uns jovens, acho que eram produtores, falando com aquele tom de voz avuncular, profundo, e mostrando demais suas espantosas gengivas.

Fiquei surpreso com o prazer que me deu vê-lo. Às vezes, contrariamente ao que minha amiga chinesa diz, a vingança realmente funciona, realmente limpa as cracas que estão no fundo do barco. Essa história não é especialmente bonita, mas é verdadeira. E, para ser bem honesto, só de pensar nisso já me sinto muito bem.

Era meu quarto romance. Não estou me lamentando, ninguém me forçou a escrevê-lo, mas trabalhei duramente nele, reescrevendo-o totalmente sete vezes, da primeira à última página. Estava para ser lançado e eu realmente me sentia muito ansioso. O jornal canadense *The Globe and Mail* já me atingira três vezes seguidas com resenhas ruins. René executara em uma delas um retalhamento completo, a machado. O fato de ele ter se oferecido para fazer isso me dera a desagradável sensação de que visava a mim, em particular, e que faria isso novamente se lhe dessem uma oportunidade. Não há erro nisso: as pessoas acreditam no que leem em um jornal. Pior ainda, depois de algum tempo, elas começam a pensar que já haviam pensado a mesma coisa.

Então, fiz o que nunca fizera antes. Fui falar com o editor do jornal, Avery Lynch. Era um homem de rosto rosado, de quase sessenta anos, e que se considerava ainda um favorito das mulheres — sempre que podia, levava a conversa nessa direção. Mas eu não estava lá para ficar falando de mulheres. Expliquei, como um cretino, que eu recebera ótimas resenhas, e como um cretino lhe mostrei recortes de jornais de Nova Iorque, Vancouver e Miami. E disse:

— Mas, por algum motivo, tenho sido criticado, vezes a fio, em seu jornal. Parece que não consigo obter uma boa resenha em minha cidade natal.

— É mesmo? — disse ele olhando para os recortes e depois para mim. Mencionou o nome de uma romancista mais talentosa do que eu e acrescentou:

— E nós a atacamos três vezes.

Arregalou os olhos afetando surpresa.

Continuei:

— Estou particularmente preocupado com um de seus críticos, René Goblin.

Avery fez um sinal com a cabeça, encorajando-me a prosseguir.

Eu disse:

— A verdade é que acho que René nunca conseguiu impressionar as garotas no ginásio, e acho também que nunca me perdoou pelo fato de eu conseguir.

Isso me parecera uma coisa plausível, até mesmo razoável, antes de eu abrir a boca.

— É mesmo? — repetiu Avery, divertido.

Ironicamente? Eu não tinha certeza. Apressei-me a explicar, mas quando comecei a ouvir o tom meio arfante de minha voz, senti-me novamente afundando, como se meu ponto de vista se perdesse em vaidade e tolice.

— Bem — disse Avery com um sorriso iluminando ainda seu rosto rosado —, vou falar com René. E se ele tiver algum problema em relação a você, com certeza vamos substituí-lo por outra pessoa.

— Quem?

— Alguma outra pessoa.

— Talvez o senhor pudesse fazer uma resenha... Eu lhe ficaria muito grato.

Avery cortou-me a palavra.

— Não se preocupe, vamos cuidar do assunto — disse, e passou imediatamente a falar de uma jovem atriz que conhecíamos (ela usava uma fina corrente de ouro no pescoço), referindo-se a ela como "minha amada".

Eu concordava com o que ele dizia, de conhecedor a conhecedor. "Que idiota!", é o que eu pensava.

— Por falar nisso, você... — perguntou Avery levantando-se da cadeira para apertar minha mão (usava uma camisa branca de mangas curtas e uma gravata), e, ao fazer isso, sinalizar que nossa "reunião" terminara.

— Eu o quê?

— Tinha todas as garotas que queria na escola?

Pensei bastante antes de responder. Eu sabia o que ele não queria ouvir.

— Será que alguém realmente tem?

Ele deu um pequeno latido de satisfação, no qual se podia ver seu alívio. Por um instante pensei que se torturava com a imagem de um adolescente (eu) entre as pernas de uma garota, enquanto a calça *jeans* dela estava pendurada na armação da cama.

Foi uma coisa não ortodoxa fazer aquilo — não se deve fazer um apelo tão pessoal quando um livro nosso está para ser lançado —, mas deixei o escritório de Avery sentindo-me mais leve. Como se, verbalizando minha preocupação, eu houvesse acabado com uma pequena e insistente dor de cabeça que me atingia bem nos olhos.

Então, tudo bem. O livro saiu. Houve uma festa de lançamento em uma livraria, seguida de uma reunião em meu apartamento. Meu editor foi, e também alguns velhos amigos e suas mulheres, junto com minha namorada Molly Wentworth, os pais dela e um amargurado irmão seu que era professor de Stanford, mas desejava ser de Harvard (os acadêmicos conseguem ser mais mesquinhos entre si que os escritores). De vez em quando, eu olhava em torno de mim no apartamento: havia vinte, trinta pessoas lá, incluindo minhas duas ex-mulheres — M., com uma cara de falcão e de alguma forma "assumindo o evento" (ela preparara a comida). E Catherine, a mãe de meu filho, uma atriz esbelta que gostava de todo mundo, sendo, por conseguinte, também amada por todo mundo. Pensei que era uma festa agradável, todos falando com todos.

E, no entanto, enquanto ia de um grupo a outro, eu tinha a sensação de continuar a esperar alguma coisa. Não conseguia me engajar em uma conversa com ninguém. Parecia que cada fragmento de conversa jogada fora estava me segurando, impedindo-me de fazer algo realmente importante. Mas, o que era?

Não pude deixar de notar, porém, que Avery Lynch, do *The Globe and Mail*, não estava lá — o que me pareceu estranho. Ele costumava ir a esse tipo de festa. Gostava de aparecer com a namorada, aquela da correntinha no pescoço, e de ficar conversando com as pessoas com os braços em volta dela. Ela era muito mais jovem que ele, sua "amada". O código usado para dizer "estou transando com ela", é claro.

Lá pelas três da madrugada os hóspedes começaram a se retirar. Um inglês bêbado refestelou-se no sofá, imitando sua mãe rica. Comecei a encerrar a festa gentilmente, levando para a cozinha as garrafas vazias de vinho, cobrindo o prato de queijos, essas coisas. Usando um livro que peguei em uma estante, um romance canadense especialmente medíocre que recebera uma crítica excessivamente generosa havia pouco tempo, comecei a apagar as velas enfiadas em uma série de potinhos, enfileiradas diretamente sobre o sofá. Mas eu tomara umas e outras. Desequilibrei-me e derrubei uma das velas. A cera derretida derramou todinha no sofá. Até minhas calças ficaram manchadas. Foi um acidente desproporcionalmente chocante. Não era irreparável, mas, de alguma forma, parecia maldoso, como se a cera derramada simbolizasse as consequências de uma vida descuidada me alcançando. De uma vida vivida *incorretamente*. Por que será que eu não tratei logo de empurrar o sofá, livrando-o do alcance da vela, antes de tentar extinguir a chama? Será que essa não foi a escolha de um romancista sem talento algum que usava um instrumento para um gesto de repelente despeito? Será que estava sendo punido? Eu não havia justamente chutado uma vela, quase naquele lugar exato, alguns anos antes?

O pior foi que a cera derretida parecia ser um mau agouro para meu novo romance, e o fato de Avery não ter aparecido em minha festa assumiu um tom ainda mais sinistro. Os hóspedes que ainda estavam lá notaram o que estava acontecendo, e gemeram, mas ninguém viu gravidade no acontecimento. Uma atriz de rosto encovado (ela realmente deveria parar de fumar) sugeriu um ferro quente e um saco de papel para tirar a mancha; um autor teatral que tinha orelhas enormes e que passara anos a fio dando risadinhas nas festas (em um tom altamente irritante) e dormindo com as mulheres que não eram sua esposa mencionou a marca de um produto qualquer e deu outra risadinha.

No dia seguinte, desci a escadaria que ia dar na sala com uma ressaca muito maior do que deveria ser; era o tipo de ressaca que se tem depois de beber para tentar animar uma festa, para "forçá-la". Pensando na festa, no entanto, realmente algo meio sinistro acontecera nela. Mas, o quê? Meu livro fora lançado em uma época particularmente difícil do ano, no início de março, quando as pessoas estão ainda de férias, e por isso vários amigos meus não haviam podido ir. E isso dera à festa uma espécie de sensação de *não estar habitada.* Sim. É verdade. Mas não era bem isso.

Limpando a sala, lavando os copos de vinho, jogando fora aquele prato de queijos, não pude deixar de notar a mancha de cera derretida que havia no sofá, bem no centro do apartamento. Eu tinha a impressão de não ter mantido uma única conversa satisfatória durante a noite toda. Eu começava a falar e era interrompido. Começava de novo e era novamente interrompido. Mas, o que eu poderia fazer? Eu era velho demais para me tornar um convidado em minha própria festa.

Durante todo o dia fiquei pensando na resenha que deveria sair no *The Globe and Mail* no sábado, e continuei a remoer, como se estivesse mexendo em uma casca de ferida, o fato de Avery não ter comparecido à minha festa. E pensei em René Goblin, com aqueles óculos de armação preta. Eu estava com uma sensação estranha, como se *soubesse* o que ia acontecer — que, apesar de minha visita, Avery passaria o encargo da resenha a René. Só para mostrar o que acontece quando um escritor invade o escritório de alguém e começa a dizer o que deve ser feito.

Por outro lado, alguém me dissera, na festa, que uma jovem escritora, armada de muito *sex appeal,* em quem todo mundo estava de olho, estava lançando um novo romance justamente na mesma noite. Chamava-se *How To Be a Girl* ("Como ser uma garota") —, fadado ao sucesso, a começar pelo título. Portanto, possivelmente Avery, que também se imaginava como "jogador" naquele páreo, teria ido à outra festa. Não poderia censurá-lo por isso. Eu conhecera a moça — era tão erótica, com seus braços finos e vozinha de menina, que eu sonhara com ela durante semanas a fio...

Seja lá como for — onde eu estava mesmo? Sim, na resenha. Eu dera a festa antes de a resenha sair, e não depois, para que, se a crítica fosse ruim, não tivesse de aguentar pessoas de cara compungida entrando por minha porta, ou fingindo que não haviam lido nada, ou pior ainda, tendo piedade de mim. Tudo aquilo me parecia um pesadelo, e em um dado momento, naquela tarde, sofrendo o máximo com minha ressaca e com aquela mancha de cera derretida lá no sofá me acusando cada vez que eu passava por perto, decidi que nunca, nunca mais mesmo, escreveria outro romance. Não valia a pena aquele estresse todo. Não, eu me tornaria um professor de ensino médio, em vez disso. Bebendo demais à noite e me masturbando no banheiro dos professores diante de imagens de estudantes italianas de camisetas molhadas. Uma existência muito mais saudável, aquela!

Perto das onze da noite saí correndo de meu apartamento como se ele estivesse pegando fogo, precipitando-me para minha banca de jornais preferida (sou supersticioso) — a primeira edição do jornal de sábado ainda não chegara, mas eu poderia esperar. Mas, o que era aquilo? Um cara abatido, com um longo casaco que se arrastava pelo chão, carregava uma pilha de jornais. Estava tentando vender nos bares. "Jornal. *The Globe* do sábado", dizia no tom de quem sabe que ninguém está ouvindo, mas que de qualquer maneira tem de fazer seu anúncio.

"Acho que não devo comprar dele", pensei. "Deve dar azar." Mas a impaciência acabou ganhando — sempre o faz —, e eu comprei o jornal, dando ao homem uma gorjeta considerável como meio, eu esperava, de neutralizar seu efeito. Dali, com o coração em disparada, gastei com um táxi para me levar até a casa de Catherine, minha segunda ex-mulher, atravessando uma ponte, na parte grega da cidade. Era uma noite fria, de primavera. O riacho brilhava com um ar maligno. Peguei-me pensando em um pobre primo meu que quando descobriu que sua mulher estava tendo um caso, se jogara daquela mesma ponte, havia vinte anos. Qual era mesmo seu nome? "Mas, por que pensar nisso, agora?" Além do mais, era um jeito terrível de se matar. Ele se matou durante o dia; apenas parou o carro ao lado da ponte e pulou o gradil. O rio o levou. O que será que estava pensando quando mergulhou daquele jeito na água? E sua mulher! Eu a vi no enterro, com seus três filhos. Ela pegou minha mão, devagarinho, e murmurou em meu ouvido: "Está bem. Ele está melhor, agora".

Melhor, agora? O que acham disso? Lembrei-me, então, daquele autor teatral de orelhas grandes, rindo em minha festa, que barulho mais irritante! Por que um homem daquela idade ainda ficava dando risadinhas?

Bati na porta e fiquei esperando. Catherine apareceu por trás do vidro, espiando com um sorriso bondoso. Aquele rosto longo, aqueles adoráveis olhos castanhos. Parecia uma enfermeira, ou uma mãe. O tipo de mulher por quem os feridos chamam em um campo de batalha. Dei a ela o jornal, como se fosse uma intimação policial.

— Você quer que eu leia aqui ou lá em cima? — perguntou.

— Lá em cima, por favor.

Era uma casa pequena, com objetos excêntricos espalhados por todos os cantos. Um piano que ela nunca tocava, enfeites estranhos, aqui e ali. Bonecas eduardianas, lampadários, acolchoados. Um par de botas amarelas, de borracha, que ela comprara por dois dólares em uma feira. (Nosso filho pequeno, Nick, pedia que ela nunca as usasse quando ia buscá-lo na escola.) Mas era uma casa confortável, como se espíritos benevolentes vagassem todas as noites pelos quartos, espanando os móveis com algum pó especial.

Ouvi os passos de Catherine no assoalho, sobre minha cabeça, até pararem no quarto dela, no fim do vestíbulo. Depois, silêncio. Meu coração explodiu, e depois explodiu novamente. Levantei-me. Comecei a andar de um lado para outro na sala, pegando isto e aquilo, uma foto aérea amarelecida da fazenda em Saskatchewan onde ela crescera, uma carteira de contas, um CD de Joni Mitchell. Fiquei virando as coisas na mão, sem vê-las. Por que ela estava demorando tanto? Mas ela prosseguia a leitura sem fazer um som, um movimento.

Ouvi seus passos então, meio vagarosos, seguidos por sua voz, no alto da escadaria:

— Você vai ficar desapontado — disse.

— Quem escreveu? — gritei, como se a resposta pudesse fazer que eu me sentisse melhor, pudesse parar aquela sensação de mergulho em parafuso, descendente.

— René Goblin — ela disse em uma voz que tentava ser irônica.

Mas ela não era uma mulher irônica e não conseguiu achar o tom certo.

— René Goblin? Isso é impossível.

Claro que não era impossível, e tudo entrou em seu devido lugar, com um clique irritante: Avery não fora à minha festa, minhas premonições, o aleijado vendendo os jornais, o sinistro riacho debaixo da ponte, o dramaturgo que dava risadinhas.

Depois da meia-noite chamei um táxi especial e voltei para casa — gastei vinte dólares. Escancarei a porta de meu edifício e fui direto para o depósito, no porão, onde eu escondia minhas pílulas de dormir, e engoli uma.

Não acreditem se alguém citar um velho provérbio que diz que uma má resenha de um livro serve para arruinar nosso café da manhã, mas não nosso almoço. Uma má resenha pode fazer estragos muito maiores que esses. A resenha em questão, uma mal-intencionada merda de pombo (vou matar aquele filho da puta!), fez que me sentisse como se meu romance, lançado havia apenas alguns dias, realmente apresentasse uma mancha. E como se toda vez que eu olhasse para ele estivesse olhando somente para aquela mancha — como acontecera com o sofá. Fez que me sentisse como se todo mundo o houvesse lido — pessoas na rua, pessoas que passavam nos carros, pessoas que estavam olhando para uma vitrine de cabeleireiro — o que produzia em meu corpo uma sensação de mal-estar físico, como se eu estivesse assistindo a um filme de terror. Eu não conseguia me livrar dessa sensação, em qualquer lugar que estivesse. Eu gastara três anos escrevendo aquele livro, pesando esta sentença, outra, e agora, assim me parecia, tudo estava acabado, no espaço de tempo necessário para minha ex-mulher subir ao primeiro andar e dizer: "Você vai ficar desapontado".

E que forma cruel de se dizer as coisas (por que eu insistia em lê-la?) — em cada sentença a insinuação de que eu escolhera um assunto complexo (obsessão sexual) e que simplesmente não era dotado de talento para dar conta do recado. "Ele apenas não é tão bom assim", escrevera Goblin no final, dando uma machadada decisiva. E realmente, já que todos os escritores, incluindo René, suspeitam não serem "assim tão bons", essas palavras ativaram uma agonia já existente em mim. Meu belo livro, meu belo livro! Arruinado por alguém que não gastou mais de hora e meia para lê-lo. Eu simplesmente não podia afastar aquelas terríveis, quase elétricas, ondas de vergonha, e o sentimento de raiva e de injustiça.

Porque ele era, apesar de tudo, um livro lindo. Um livro lindo! (Olhem só, já estou empregando um tempo passado...) Eu esperava tanto dele... Somente alguém que não gostasse de mim podia não gostar dele. Ou pelo menos isso é o que eu achava.

Sim, sim, claro que entendo — entendia mesmo então — que uma vida criativa não pode ser construída, nem demolida, por uma única resenha. Quem se lembra dos críticos (e foram muitos) que demoliram *O Grande Gatsby*? E isso já havia acontecido antes, e muitas e muitas vezes. Eu também já estava suficientemente maduro para suspeitar que, depois de certa idade, não se pode distinguir entre sorte e azar (não antes de se esperar para ver no que as coisas dão), mas aquela foi, sim, uma bofetada na cara. Aquele terrível veneno correndo por todo meu corpo.

Para me distrair, para esfriar a bola de fogo que se formara em minha barriga, pulei para outra seção do jornal. Mas nem ali me senti seguro. Aquele era um dia em que o destino queria me torturar. Porque bem ali, à minha frente, estava uma história que ganhara um prêmio no concurso nacional do ano. Começava assim:

> Ponham a culpa na força do hábito, se quiserem, ou em uma misantropia desencadeada precocemente, ou simplesmente nas regras da coincidência: mas nada disso teria acontecido se ele não houvesse se levantado de madrugada para evitar o trânsito do feriado.

Parei de ler e disse, para ninguém em particular — pois não havia ninguém mais no quarto: — "É justamente esse tipo de merda de escrita que ganha prêmios neste país". Olhei novamente para o parágrafo: "*misantropia desencadeada precocemente*"? O que era aquilo? E por que o cara estaria tentando evitar o trânsito da manhã? Deixe-me adivinhar. Ele tem uma cabana. *Quem* tem uma cabana hoje? Era um blá-blá-blá de classe média, do tipo que somente matronas de algum clube de leitura canadense podem preferir. Oh, Deus, era essa minha espécie de leitor.

"Quem tem uma cabana?", berrei. Era como aqueles horríveis *shows* televisivos que têm pessoas reunidas em torno de uma jarra de água. *Coisa que nunca acontece.*

Inclinei-me e sublinhei o parágrafo com caneta vermelha, de qualquer jeito, mas então, não gostando da aparência dele também, joguei o jornal no chão.

Muitas coisas me irritaram naquela manhã: o rádio de um vizinho, o barulho de pés dos pombos no peitoril da janela de meu quarto, um alarme de carro disparado. "Consertem esse maldito alarme", gritei debruçado na janela.

Então, tomei outra pílula. O que não é uma boa ideia, principalmente para mim, mas pensei, "Que diabos! Não estou a fim de me sentir desse jeito o dia todo!". Então, fiquei rodando pelo porão novamente até encontrar o frasco congelado dentro de minha bota de inverno. Dei uma sacudida nele e joguei um comprimido verde na boca, engolindo-o a seco.

Lição número um: não é sempre que pílulas para dormir nos fazem dormir. Às vezes podem nos deixar muito excitados. Cerca de uma hora mais tarde, com os lábios vermelhos de tanto tomar um delicado vinho da Borgonha que eu guardara para a formatura de minha filha na universidade, sentei diante do computador e escrevi uma nota insolente para aquele cara-rosada do Avery Lynch, uma carta que eu concluía com o assustador pedido de que na próxima vez que ele, Avery, desse uma festa, limpasse sua casa antes — esse último trecho se referia a uma reunião à qual eu comparecera na casa dele, havia três anos, e na qual, por volta das dez horas, não havia nenhum copo limpo, e um sentimento pesado, de dormitório de estudantes, pairava sobre o recinto. Sinos de alarme soavam em minha cabeça, mas quando chegou o momento de apertar o botão "enviar", seu som já estava bem abafado, e assim minha missiva seguiu seu caminho.

Devo ter desmaiado, porque quando acordei já estava escuro. Resolvi ir procurar René Goblin. Um idiota convencido como René provavelmente circularia na College Street no sábado à noite — em uma dessas boates incríveis com jovens vestidos de preto que deixam seus celulares tocarem nos restaurantes. Galinhos autoconscientes. Sim, Goblin devia andar por ali, explicando em tons condescendentes (tinha certeza disso) por que, por mais que se esforçasse, simplesmente não conseguia deixar de dar ao meu romance um chute público. Parecia que já podia ouvi-lo dizer: "A coisa básica é talento. *Ele não é tão bom assim*".

Uma fúria assassina se instalava em meus pensamentos enquanto eu me precipitava para Chinatown, virava à esquerda no batalhão do corpo de bombeiros e me dirigia para a College Street. "Não vou engolir isso", eu dizia, aproximando-me do brilhante círculo de luzes. Meu plano: entrar no bar, localizar René, ir diretamente até sua mesa, chamá-lo e dar uma poderosa bofetada no seu rosto. O que jogaria longe seus óculos. Aqueles óculos idiotas, pretensiosos. Deliberadamente feios. Óculos que diziam *não somos interessantemente horríveis*?

Mas não encontrei René naquela noite. Enfiei a cabeça em um punhado de bares em penumbra, iluminados à luz de velas, que havia muito tempo eu deixara de frequentar. No Butter Bar perguntei ao *barman* se ele conhecia René Goblin. Sim, conhecia. Estivera ali naquela noite? Não, ele costuma vir aos domingos, por causa do *jazz*.

Por causa do jazz. Que ótimo! Como aquilo era bem René!

— Diga que este cara o está procurando.

Escrevi meu nome em um descanso de copo e o dei a ele.

Resolvi ir para casa. Nem me lembro de ter tirado a roupa. Mas, na manhã seguinte, acordei com a impressão de que algo de horrível acontecera. Era ainda muito cedo, o céu estava vermelho por trás dos galhos das árvores lá fora. Vermelho sangue. O que eu havia feito? Lembrei-me da corrida de táxi até a casa de minha ex-mulher, os olhos bondosos dela, o tom de desculpas que havia em sua voz, no topo da escada. Mas fiquei contente por não ter encontrado René — um sentimento que me banhou em uma onda de gratidão.

Mas, durante a manhã a náusea e a fúria voltaram. Assumindo uma atitude de amargurada displicência, desci para procurar mais sedativos. Dessa vez, funcionaram. Enrolei-me nas cobertas, confortado com a segurança de que logo estaria adormecido. Era como se, tomando aquela pílula, eu ganhasse a garantia de uma passagem através de um vale seguro e reconfortante: vegetação suave, pássaros de tons leves, um riacho limpo brilhando à luz do sol. Bem no momento de mergulhar no sono, lembrei que escrevera uma mensagem para Avery Lynch. "Que se dane", murmurei para o quarto encortinado, e adormeci. Eram pouco mais de onze horas da manhã.

Pensando em tudo que aconteceu depois, não consigo recordar com precisão qual foi o encadeamento dos eventos. Aqueles dias permanecem em minha memória como os cacos de uma jarra quebrada. Eu acordei — deve ter sido no início da tarde daquele mesmo dia, o céu ainda estava azul. Vi o jornal no chão com seu violento sublinhado vermelho e fiquei assustado, como se eu estivesse indo de encontro a algum *iceberg* negro. E pensei que precisava fazer algo concreto para ordenar minha vida, para criar uma espécie de estrutura sobre as coisas que me impedisse de ser novamente atingido. Peguei uma carta que ficara na mesa da sala de jantar durante semanas e pensei: "É algum cheque não importante que tenho de mandar a algum credor não importante, só isso. Vou mandar o cheque". E novamente tive uma visão daquela vela derretida em meu sofá. Uma coisa que me assustou novamente. Parecia me dizer: *você permitiu que as coisas fossem longe demais.*

"Vou cuidar disso também", pensei.

Mas, em primeiro lugar, a carta. Coloquei-a no bolso da camisa, fui até a varanda e tirei a corrente da bicicleta. Notei que minhas unhas estavam sujas e fiquei olhando para elas, intrigado, durante um momento. Nunca fico com as unhas sujas. Fui pedalando por minha rua, virei em um atalho que atravessava o parque. Podia ver a caixa do correio, vermelha e pesada, por entre as árvores. Aquele era um objetivo concreto, o início de minha regeneração, e vendo aquilo e ouvindo o som confortante do betume sob meus pneus eu podia sentir uma espécie de alívio, totalmente involuntário — o pior já havia passado. De repente, um pombo surgido do nada voou bem à minha frente. Vinha da esquerda, tinha uma cabeça pequena, olhos cor-de-rosa, e resfolegava como se fosse um homem gordo tentando pegar um ônibus. Senti um sobe e desce na roda traseira, como se houvesse passado sobre uma leve elevação. Olhei por sobre o ombro, temendo o que poderia ver. O pombo, com suas penas dispersas, estava balançando para baixo e para cima com uma asa quebrada, tentando subir em uma mureta, dirigindo-se para a caixa de areia de um *playground.* "Por que está fazendo isso?", pensei. Por que está querendo chegar à caixa de areia? Em seu rastro havia uma fileira de pequenas penas, delicadas, que mais pareciam a pelagem de um gatinho. E a vista dessas penas me atingiu como se fosse algo mais horrível que sangue.

Pegando o envelope com minhas mãos de unhas sujas, joguei-o na caixa vermelha e voltei para casa por outro caminho.

Voltando à minha sala alguns minutos depois, eu evitava a janela que dava para o parque. "O que eu devia fazer", disse alto. Pensei em chamar Catherine. Em perguntar a ela. (Meu Deus, se não são as ex-namoradas, são pássaros mutilados. Quanto deve aguentar uma ex-mulher?) Mas a encrenca era minha, meu problema. Eu sabia que devia voltar para o parque, procurar o pombo e evitar mais sofrimento para ele. Esmagar sua cabeça com uma pedra. "Mas não posso fazer isso", disse, novamente alto, consciente do gosto ruim que havia em minha boca. "Não se pode esmagar um pombo em um parque público. As pessoas vão me ver. Vão pensar que estou assassinando um pombo porque não gosto deles. É possível até que alguém queira brigar comigo."

Mas isso não era tudo. O que me preocupava realmente era a violência daquilo tudo, do sangue, da cabeça esmagada. Respondendo a uma plateia invisível, eu disse: "Não tenho estômago para fazer isso. Não pertenço a esse mundo, o da violência". E enquanto dizia isso, lembrei-me de René Goblin e do plano de dar um soco bem na cara dele. "Não pertenço a esse mundo", disse. E na calma que se instalou pensei que eu havia sido poupado, que uma presença terrível viera e ficara muito próxima de mim, mas agora fora embora.

Lavei as mãos e limpei as unhas. Quando cheguei ao parque, vi o pombo deitado bem perto da caixa de areia, perto da pequena mureta que ele tinha tanta pressa de galgar segundos após ter sido esmagado pela roda da bicicleta. Mas, afinal, ele não parecia estar tão mal agora; estava com uma asa pendente, sim, mas sem sangramento. Pensei que até então ele aguentara. E que talvez fosse sobreviver. Eu não teria que matá-lo agora, pois havia aguentado bem até aquele momento. "Mas por que", pensei, "estaria ele tão próximo daquela mureta? O que havia ali?" Quando me virei para voltar para casa, vi um gato vindo sorrateiramente em minha direção. Mas só mais tarde naquele dia me ocorreu o motivo de ele se mover daquele jeito, quase encostado no chão, e também o motivo pelo qual o pombo havia preferido se manter tão próximo da mureta.

Pensei novamente em telefonar para Catherine. Fiquei olhando fixamente para o aparelho. Coloquei a mão nele e ensaiei uma história. Disquei o número. Tocou e tocou, e então a secretária eletrônica me atendeu — a voz de uma mulher cujo primeiro impulso era gostar de pessoas estranhas e confiar em sua decência inata. Vi-me de relance em um espelho — minha cabeça parecia pequena demais para meus ombros. Desliguei o telefone.

Comecei a fazer uma turnê, por causa de meu livro, indo de cidade a cidade, por todo o país. Mas parecia que em todo lugar eu podia sentir o cheiro daquela odiosa resenha de Goblin. Podia senti-lo nas leituras públicas, de poucos ouvintes. Detectei-o no tom de voz de um jornalista, e até mesmo quando ele me cumprimentou. Até o próprio livro, a real entidade física, começou a adquirir uma carga quase elétrica. Como se fosse uma geladeira portátil.

Fiz uma leitura pública em Vancouver. Duzentas cadeiras vazias. Um punhado de pessoas, até uma mulher que usava um saco de lixo com buracos para os braços. Três senhoras de idade esperavam pacientemente na parte da frente, segurando meu romance. Tentei fugir. Teria conseguido em alguns segundos, não fosse ter subitamente surgido uma equipe local de televisão. Segurando-me pelo braço, um jovem produtor me guiou até a mesa das octogenárias.

— Gostaria que lesse para elas — disse ele. — Não se preocupe, vou dar um *close*.

Quando vi o resultado da filmagem, mais tarde, parecia que eu estava lendo uma história de ninar crianças para cidadãos idosos.

Na manhã seguinte, acordei com muita raiva. Fiquei olhando para o belo porto que havia bem debaixo de meu hotel e para um corredor que seguia por uma trilha, e me perguntei se por acaso estava ficando louco. Será que ia permitir que aquele cara, o Goblin, estragasse todos os momentos ligados à edição de meu livro? Todos os momentos ligados ao próprio ato de escrever? Eu não conseguiria controlar esses sentimentos, essa obsessão com uma resenha descuidada? Por que — eu me perguntava — parece sempre que o elogio é uma mentira e que uma condenação parece ser verdadeira? Meu cérebro fervilhava com serpentes. *A menos que você aja, a menos que faça alguma coisa contra René Goblin, você vai continuar a se sentir assim a vida inteira.*

Passaram-se dezoito meses. Uma tarde, eu estava indo para casa, depois de uma consulta ao dentista. O dia estava nublado e cinzento no distrito das lojas de roupas e a calçada estava cheia de pessoas que iam e vinham do almoço. Parei para amarrar meu sapato, e assim que olhei para cima, lá estava René Goblin passando ao meu lado direito. Ele me olhou de soslaio e continuou a andar, descontraído, parando para dar uma ou outra olhada nas vitrines. Havia um toque teatral em sua atitude, como se estivesse encenando alguma coisa para mim, como se estivesse dizendo "sim, eu reconheci você, e seus desagradáveis sentimentos a meu respeito são tão pouco importantes que, veja bem, até posso gastar tempo olhando vitrines".

E como se eu houvesse encontrado alguém que abusara de meus filhos havia anos e ficara impune, senti que estava calmo, mas alerta como um potencial assassino. E a ideia de que ele dissera coisas tão terríveis sobre meu livro, e fora tão levianamente cruel sobre uma coisa que importava tanto para mim, e que conseguia assumir uma atitude de mostrar que se saíra bem com o que fizera e que dava pouca importância aos meus sentimentos (que lhe pareceriam mesmo divertidos) — tudo isso jogou gasolina no que havia sido, até alguns momentos atrás, somente uma chama pequena, mas insistente. Não sou pessoa de esquecer uma ofensa.

Eu sabia também que, se ficasse esperando, em algum momento René descobriria um pretexto para parar com sua descansada caminhada pela calçada e olharia em volta. Eu tinha certeza disso. Ele atravessou uma ruazinha sem olhar para trás e parou diante de uma grande vitrine. Era uma loja que vendia camas, colchões e travesseiros. Eu podia ver, pelo ângulo formado pelo ponto em que estava parado, que na realidade ele estava olhando para meu reflexo no vidro. Aquela armação preta, horrorosa, dos seus óculos. Como se eu estivesse sendo puxado por uma corda, convicto de que estava cheio de razão e de que não poderia mais respirar a menos que fizesse o que queria, dirigi-me diretamente a René

Goblin e atingi-o em cheio no rosto, com a mão aberta. A armação preta caiu na calçada. E René também.

Então, aconteceu uma coisa estranha que mesmo naquele momento eu sabia que nunca poderia esquecer. Sem olhar para mim, René levantou-se, apoiando no batente de uma porta. E naquele gesto seu havia algo tão estranhamente vulnerável, doentiamente vulnerável, que me descobri pensando naquele pombo que corria para se refugiar na mureta, mesmo com uma asa quebrada.

Eu tinha a intenção de dizer alguma coisa. E mesmo enquanto me atirava sobre ele imaginara dizer uma coisa poderosa, forte, mas que agora me escapava. Fiquei olhando para René, tão assustado, tão feio. Peguei os óculos e os ofereci a ele.

— Não faça isso — disse ele apoiando-se mais na porta.

Percebendo que naquele momento eu entrara em um estado que não era fácil, nem mesmo definível, coloquei os óculos devagarinho na calçada.

Não o vi durante muito tempo. E como a vida é o que é, outras coisas, outras preocupações ocuparam o lugar que René ocupara de modo tão total. Sentado sob uma grande claraboia do centro da rede CBC, percebi, vendo-o do outro lado da sala com aquele grupo de jovens produtores, que o que eu estava sentindo não era culpa ou vergonha, ou remorso, mas deleite. René Goblin não era um lugar, não era uma suíte de hospitalidade do festival de filmes, e nem um antigo dormitório, mas por um momento fora, certamente, uma arena de vulnerabilidade. Lembro-me de ter piscado duro ao ver seu nome nos jornais, ou quando ouvia alguém dizer seu nome em uma conversa. Isto é, até o momento em que o esbofeteei. Depois daquilo, senti-me bem a respeito de todo o caso. Ainda me sinto assim.

9

O crocodilo debaixo da ponte

Aquele era um breve momento de prosperidade. Eu tinha quarenta e três anos e era o apresentador de um inofensivo programinha de televisão sobre artes que tinha convidados indo e vindo, atores e escritores, músicos, todos promovendo seus romances, filmes, CDs e fosse lá o que fosse. Era uma espécie de filial provinciana de uma agência de publicidade que disfarçava a autopromoção como "jornalismo artístico". Mas pagava bem e satisfazia as aspirações de minha quase insaciável vaidade.

Por recomendação de um colega, aluguei uma casa de férias naquele verão na ilha de Sanibel, na costa da Flórida. Um pequeno encrave de esnobismo onde naqueles dias os únicos não brancos que se viam tinham instrumentos de jardinagem nas mãos. Para diversão de meus filhos — meu filho Nick, então com oito anos, e sua malcriada irmã, Franny, de catorze —, aluguei uma limusine para nos levar ao aeroporto. Ela tinha teto solar, no qual eles enfiaram as belas cabeças enquanto corríamos pela rua.

No aeroporto de Miami alugamos um Mustang branco conversível, e então, com a capota arriada e o ar-condicionado no estilo de Los Angeles, as crianças no banco de trás, o rádio irradiando um *reggae*, espalhamo-nos pelo peito da Flórida. Corremos pelo pantanal, fizemos um almoço americano (comida para dez pessoas) e voamos pela estrada costeira que cheirava a maresia. Paramos um pouco em St. Petersburg para tirar uma foto de meu filho parado diante do mesmo hotel cor de morango em que eu posara para a câmera de minha mãe, com as gaivotas girando sobre minha cabeça, há quase trinta e cinco anos. (Que coisa estranha, inimaginável, a maneira como nossa vida se desenrola. Como essas duas fotos parecem estranhas, uma ao lado da outra: eu, de peito encovado e orelhas grandes, e meu filho, com um ar de convencimento, com seus profundos olhos eslavos fitando a câmera.)

Pegamos um atalho errado em Fort Myers e atravessamos uma vizinhança barra-pesada, de grades nas janelas, calçadas em ruínas, lojas fechadas com tábuas. Minha filha, com seu cabelo louro e abundante voando na brisa, acenou para três adolescentes negros que caminhavam por uma alameda. Um dedo do meio se levantou entre os papéis de bala atirados e a grama torrada.

— Pare — gritou Franny do banco de trás. — Quero *falar* com aqueles caras!

Continuamos a rodar.

Três quadras mais adiante, bem no estilo americano, já estávamos em uma espécie diferente de cidade. Pequenos cafés com samambaias nas janelas, *gays* de *shorts*, bronzeados, de bíceps torneados e dentes brancos. Um deles passeava com um cachorrinho Pug. Passamos por um armazém que ocupava toda uma quadra e depois viramos em uma magnífica ponte; havia novamente aquele cheiro de maresia, salgado e misterioso, um cheiro que me deixou nostálgico de um tempo em minha vida que realmente nunca acontecera. Um barco branco de pesca de alto-mar entrava em um ancoradouro. No espelho retrovisor do carro pude ver meus filhos no banco de trás, com o sol do poente no rosto, e lembro bem o que estava pensando — que nunca mais me sentiria tão feliz (felizmente, eu já havia tido pensamentos assim anteriormente).

Fomos rodando pela costa de Sanibel, nossa pequena ilha, virando aqui e ali; passamos por uma cidadezinha que tinha uma loja de vídeos, e depois por uma aleia ensombrada por árvores frondosas. A casa era branca com grandes janelas e me surpreendi ao ver que era tão boa quanto parecera nas fotos. Saíamos pela porta dos fundos, cruzávamos uns dez metros de areia quente, ladeávamos um jacarandá e atravessávamos uma bela ponte de madeira, de arcos. Um pequeno crocodilo vivia ali — dava para vê-lo de manhã, meio submerso, com seus olhos oblíquos. Depois disso, vinha a praia. Mulheres com blusas amarradas na cintura vagavam pela beira d'água. Homens carecas, baixos, que se pareciam com Picasso, caminhavam em duplas. No horizonte azul, um navio de carga estava parado, como se fosse um desenho de criança.

Desfiz minhas malas. Desempacotei *Guerra e Paz*.

À tarde, enquanto meus filhos espirravam água feito focas na piscina ou preparavam lanches barulhentos e confusos na cozinha, eu sublinhava palavras, tomava notas e tentava escrever como Tolstói. (Um livro que nunca viu a luz do dia.) Mas eu me sentia feliz. Todos nós estávamos felizes.

Três dias depois, Molly Wentworth, minha namorada, chegou — ela *não* estava feliz. Deu para ver isso no momento em que desceu do táxi, com aquele sorriso forçado no rosto. (Ela já estava consciente de alguma coisa, mas, por ser tão jovem, não podia reconhecer o que seria.) Molly era magra e loira, de feições marcadas, uma produtora de televisão por quem eu me apaixonara loucamente. Em seu *jeans* branco e camiseta, ela me parecera, lembro bem, tão cheia de energia, tão *engajada* e excitada pela vida! Uma garota disposta a tudo. Quer pegar o carro e ir até Buffalo hoje à noite? Claro! Eu a vira uma vez em um cinema, com aquele cabelo curto, o queixo pronunciado, os adoráveis cílios, e sentira uma espécie de alarme pelo prazer que o simples fato de ela *estar* ali me dava. Como apreciei aquela sorte! (Eu já era suficientemente maduro para não achar mais que o amor era garantido.)

E durante um bom tempo, realmente tudo foi encantador entre nós. Depois, gradualmente, como acontece com uma fotografia em uma bandeja de revelação — só que ao contrário —, seu rosto começou a ficar escurecido. Parecia também que os cômodos onde ela entrava escureciam. Na época, eu não conseguia saber o que seria aquilo. (Eu não compreendia a natureza do tecido de ferimento que estava se acumulando.) Dava para sentir a tensão vinda de seu corpo jovem, do sorriso perturbado, da disposição mecanizada — como se fosse apenas uma criança que quer se manter longe de qualquer encrenca. E quando ela ria — isso mais para o final —, era, percebo agora, uma expressão de alívio pelo fato de uma tempestade ter passado por ela. Em outras palavras, eu a assustava. Não com golpes ou palavras rudes, mas com um sufocante sentimento de antecipação da desaprovação. E, um dia, ela deixou de me amar por isso.

— Tem certeza de que pôs isso ali?

— Sim, certeza absoluta.

— Então, onde está?

Ocorre-me agora que é assim que se perde uma mulher. Ela não precisa nos encontrar na cama com um rapaz. É apenas o acúmulo de pequenas facadas e ferimentos descuidados, até ela ter consciência, em uma volta da escada, ou parada diante de um sinal vermelho, que não quer mais estar ali. A pessoa que antes nos adorou a ponto de mentir para seus amigos, ou dormir apenas três horas para passar a noite conosco, prefere viver sem nós.

Eu a vi uma vez saindo por uma porta lateral, no edifício em que morávamos, em Toronto. Escondi-me atrás de uma árvore. Eu não podia enfrentar a cena que se passaria a apenas alguns metros dali.

— Tudo bem, então vejo você à noite?

— Sim, acho que tudo bem.

— *Ok*.

— Tudo *OK*?

— Beleza.

— Beleza?

Às vezes, naquela casa de Sanibel Island, eu a via olhando para o mar e me perguntava o que estaria pensando. Meus filhos, Franny e Nick, corriam pela casa para lavar roupas, fazer um lanchinho, gracejando ou filmando um ao outro. Mas Molly estava ali, no centro de toda aquela cena animada, absolutamente só.

Voltávamos, uma noite, de um jantar em um restaurante de peixes, do outro lado da ilha. Já estava escuro e a ilha parecia uma joia feita de janelas e de luzes das docas. Em algum lugar havia um farol. A capota do carro estava arriada. Liguei o rádio, e saiu uma canção *country*, de faroeste. As crianças descansavam a cabeça no encosto do banco de trás e deixavam que o vento e o luar brincassem com seu rosto.

Passamos devagar pela casa branca.

— Pode me deixar aqui? — perguntou Molly.

— Pensei em dar uma volta na ilha — disse eu. — A noite está tão bonita.

Uma noite tão bonita como a de Natasha em *Guerra e Paz,* quando ela chama a prima para contemplar as estrelas, na janela.

— Aqui está bom — disse Molly.

E saiu do carro. Esperei um momento até ela descer a rampa. A luz da varanda se acendeu. Ela subiu a escada — aquela figurinha magra, de *short* branco, colocou a chave na fechadura e então, sem olhar para trás, entrou.

Nós três continuamos. As crianças em um silêncio tático. Nada passa despercebido para elas.

Molly voltou para Toronto devido a vagas "obrigações de família" alguns dias depois. Eu fiquei. Mas, em algumas noites, depois de um dia agitado em Sanibel com as crianças, parando aqui para comer hambúrgueres, ali na loja de vídeos, fui tomado por uma inexplicável agitação. Uma involuntária entrada naquela zona de assustador pensamento *solitário* (assustador por causa de sua intimidade incomunicável). Aquela arena onde os romancistas russos do século XIX são incomparavelmente *verdadeiros.*

Noite após noite, despertei às quatro horas. Tendo em meus ouvidos somente o sussurro fantasmagórico do ar-condicionado, como se estivesse em um voo noturno com os outros passageiros adormecidos, eu sentia que havia cometido um terrível ato pelo qual estava prestes a ser punido. Mas não podia precisar o que fizera de errado. Tinha aquela sensação intemporal que nos acomete nos primeiros segundos do despertar, na manhã seguinte ao dia em que uma amante muito querida nos deixou. Sabemos que há algo errado, mas levamos alguns segundos até lembrar do que se trata.

Mas, o que eu havia feito? Meus filhos estavam dormindo, saudáveis e seguros em suas camas. Eu tinha um trabalho, alguns amigos, minhas ex-mulheres me amavam; eu não tinha leucemia. Não passara cheques sem fundo, nem perdera um dinheirão jogando cartas, como acontecera com o jovem Rostov em *Guerra e Paz.*

"O que é essa sensação horrível?", perguntei-me.

Seria a morte? Seria Molly?

Fiquei andando nu pela casa. Fui dar uma olhada nas crianças: Franny, com seu braço ossudo sobre a testa, como se estivesse protestando. Seu irmão, com o queixo apontando ligeiramente para cima. Ele havia chutado as cobertas e estava deitado esparramado, com sua cueca azul. Cobri-o. Beijei os dois na testa, primeiro um, depois a outra. E a ideia de que eu estava ali para protegê-los, que eles dormiam tão tranquilamente, um sono exposto porque sabiam que estavam seguros, fez a sensação ruim ir embora.

Escancarei a porta de vidro que havia no fundo da casa. Dava para ouvir o barulho ritmado das ondas do mar. Resolvi dar um passeio pela areia fria, mas logo após o jacarandá senti a presença de algo que me perturbava.

O que era aquela coisa terrível?

O medo de perder uma vida que eu adorava? De que alguém a roubasse de mim? De que as circunstâncias a roubassem de mim? De que eu fizesse algo para destruí-la? (Levamos anos para construir uma boa vida e apenas um longo fim de semana para destruí-la.) Ou será que esse é um medo *hereditário*? Um horror da escuridão: um milhão de anos de coisas tentando nos engolir, uma sensação que não é facilmente dissolvida quando se acende a luz?

Os russos (naturalmente!) têm um nome para designar essa espécie de terror da meia-noite. Eles o chamam de Noite dos Pardais.

Mas, o que poderia ser aquilo? Nos anos seguintes, sempre que tais noites ocorriam, eu ficava pensando se estaria recebendo uma advertência em código sobre o futuro, se um trem negro estaria vindo por trás, se me atingiria enquanto eu estivesse olhando os trilhos na *outra* direção e me perguntando "hum... o que é esse barulho?".

Ou seria uma coisa menos operística, menos *russa*? É simplesmente uma sensação do corpo, quando temos mais de trinta anos e não podemos mais dormir como aquela criança que está no quarto ao lado. Quando, como diz Leonard Cohen, "sentimos dor nos lugares que antes usávamos para brincar".

Permaneci nem sei quanto tempo na porta aberta de nossa casa alugada. A luz já vinha surgindo sobre o mar, uma cor de laranja brilhante, misturada com rosa e com azul. "Como o mundo consegue ser indizivelmente belo, às vezes!", pensei. Quase capaz de nos fazer acreditar em Deus.

Sem que ninguém, exceto eu, se surpreendesse, Molly me deixou alguns meses depois.

Aconteceu em um domingo. As coisas terríveis sempre acontecem aos domingos. Molly e eu estávamos na sala do nosso pequeno apartamento, e enquanto eu falava os belos olhos dela se enchiam de lágrimas.

— Não posso mais viver aqui — disse ela.

Coloquei um braço ao redor dela.

— Então, não deve.

Eu havia ensaiado essa fala, fazia parte de meu enfoque endireite-se-e-voe-direito, uma espécie de "deixe de bobagens" de um homem mais velho a uma mulher jovem. Uma decisão ruim depois de outra — a seguir, fui ao cinema, deixando-a sozinha no apartamento.

Uma escuridão invernal, sinistra, espalhava-se sobre a cidade quando voltei para casa algumas horas depois, atravessando um parque. Vi as luzes de Natal brilhando animadamente em nosso apartamento. Pensei que ela mudara de ideia e decidira parar de se lamentar, enfim, "calar a boca". Precipitei-me para a escada em um estado de sensível alívio, coloquei a chave na fechadura e escancarei a porta. Uma música suave tocava no rádio. A cozinha estava imaculada, com os pratos enfileirados, o mármore da pia enxuto. Fui até o quarto. O armário dela estava vazio, com os cabides ainda balançando. Acho que ela deixara as luzes de Natal acesas para diminuir o impacto de sua partida.

Às quatro da manhã do dia seguinte, levantei da cama como um louco, olhei meu rosto no espelho do banheiro, olhei novamente para o armário vazio (não, não fora um sonho meu) e deitei novamente, febril. Uma aurora sinistra envolvia a vizinhança. Tudo parecia diferente: o carteiro tinha uma aparência mais rude, crianças horríveis estavam a caminho da escola. Dois cães pretos copulavam no gramado da frente.

Perto do meio-dia liguei para o pai de Molly, um cara muito simpático, em seu consultório de dentista. Sim, ele sabia onde ela estava e me deu o endereço. Era a casa de uma amiga. Mais ligações. Sim, ela estava lá. (Todo mundo estava sendo tão amável naquela manhã... será que era por desejarem meu bem ou por sentirem pena de mim, querendo amortecer o golpe?) Molly atendeu. Tentando achar um tom certo, jovial, eu disse:

— Oi, aposto que *você* teve um sono profundo na noite passada!

Só que ela não tinha a menor ideia do que eu estava falando. Molly foi me ver naquela noite. Tinha uma aparência maravilhosa, o que me aterrorizou. Pude sentir toda minha autoconfiança indo embora. Sugeri que "tudo bem" se ela resolvesse voltar a morar comigo. Não? Propus casamento. Ofereci parar de beber. Fiz de tudo, exceto me pendurar de cabeça para baixo na grade do chuveiro. A todas essas coisas ela respondeu, suavemente, "não".

Gradualmente, nos dias seguintes ocorreu-me que eu estava vivendo um pesadelo e que não haveria possibilidade de acordar dele tão cedo. Podia sentir isso em minha barriga, mesmo antes de ela dizer as palavras verdadeiras — que eu a perdera. (Seria aquilo o trem preto que me ameaçara de noite?)

Meio enlouquecido pela insônia, e sem comer, fui consultar um psiquiatra recomendado por M. (Perfeito, nossa ex-mulher se preocupa conosco quando a amante dá o fora!) Ele tinha uma aparência meio asiática e um jeito amável, bem como um bloco de receitas à mão.

— Qual é sua intuição sobre tudo isso? — perguntou.

— Que ela não vai voltar.

— Então, provavelmente está certo.

Receitou-me algumas pilulinhas verdes que me proporcionaram uns quinze minutos de alívio. Em poucos dias eu consumira o estoque válido para um mês.

Não demorou muito (pelo menos para meus padrões) para Molly arranjar outro homem, um músico alto e fracassado que trabalhava na mesma rede televisiva que eu e cujo escritório ficava a uns vinte metros do meu. O que quer dizer que eu o via diariamente. Cada vez que eu virava um corredor e passava pela sala de notícias rumo ao elevador, passava por sua mesa. A posição que ele ocupava era muito inferior à minha, mas a partir do momento em que soube que ele transava com minha preciosa Molly achei que essa era uma carta a seu favor; a assinatura de um rebelde, de um homem que não tinha medo de não ter sucesso. Ao passo que para mim minha posição na empresa parecia uma desvantagem, a prova de meu conformismo, como se eu fizesse parte de um time indigno. Ou como se houvesse entrado para um clube de golfe que parecia ter prestígio, mas que, assim que se estava dentro dele, revelava sua mediocridade.

Quando vislumbrei o músico, de manhã, meu coração disparou como um motor de carro. Pensei que ele havia acabado de deixar a cama dela — e toda uma série de imagens não muito originais, mas muito penosas, começou a agir em minha mente. Eu a via fazendo isso, ou aquilo. Às vezes, ao passar perto dele na lanchonete ou na fila do elevador, eu achava que estava sentindo o cheiro dela em sua pele.

Parecia que não podia haver um Deus, que ninguém poderia ser tão odioso a ponto de fazer minha Molly me deixar por — de todas as criaturas humanas da terra — um homem que trabalhava a poucas mesas da minha. Bem sei o que você está pensando, leitor: que aí justamente é que está a coisa, idiota, a razão de ela ter feito isso. Mas eu não penso assim. Acho que Molly escolheu o músico por gostar dele. Não acho, para ser justo, que ela tenha pensado no lugar onde ele sentava, ou trabalhava, nos primeiros dias do caso. E que, quando fez isso, ela provavelmente teria preferido que as coisas não houvessem acontecido daquela maneira. Acho que ela estava contente por ter se livrado de mim, como se eu fosse uma escuridão opressora que pairava sobre ela, mas não que quisesse me fazer sofrer. Ela simplesmente queria ficar *longe de mim.*

Mas, meu Deus, as coincidências podem ser cruéis. Um dia, em um fim de tarde de novembro, com a cidade já escura e flocos de neve se esborrachando silenciosamente contra as vidraças, eu estava vagando pelo oitavo andar do edifício — sentia-me salvo ali. *Ele* nunca ia lá. Mas enquanto eu passava por uma fileira de mesas com produtores atarefados preparando o noticiário da noite, preparando os filmes nas ilhas de produção, examinando as telas dos computadores, passei pela mesa de uma mulher jovem, Evelyn Dunne. Eu me esquecera de que ela trabalhava ali. Tinha uma pele branca, cremosa, que ocasionalmente apresentava erupções, e um busto grande, atraente, do qual era difícil afastar os olhos mesmo quando se está ouvindo falar de um terremoto na Cidade do México com 25 mil pessoas mortas. ("Devemos esperar até atingir 50 mil mortos para abrir o noticiário com isso?") Ela era fervilhante, amigável e sempre usava preto.

Eu sabia — porque os vira juntos em uma manhã, no mercado de pulgas — que ela havia tido um caso com o músico. Na verdade, eu os havia encontrado juntos uma vez. Molly, que o conhecera quando era criança, nos apresentara, e formamos dois casais em uma calçada no verão. Ninguém suspeitaria de como a vida poderia ser cheia de surpresas e que essas surpresas estariam esperando nós quatro bem perto dali.

Passei pela mesa de Evelyn com a cabeça abaixada. Eu preferia evitar conversa, com suas inevitáveis perguntas, estimuladoras de adrenalina: "não, eu não sei o que Molly está preparando nestes dias", ou "sim, eu emagreci". Mas eu não devia ter me preocupado. Evelyn estava falando ao telefone e pensava em outras coisas. Ouvi-a dizer, em voz lamentosa, uma voz que vibrava, mas que tentava passar por espirituosa: "Mas você nunca me liga!".

Em um instante, como se alguém me atingisse por trás, percebi que ela estava falando com o músico. Que ela fora abandonada por ele, que ele parara de ir vê-la, de telefonar, porque tinha uma nova namorada. Que era Molly. Minha Molly.

Não importa aonde eu fosse, na cidade eu não conseguia escapar do sentimento de horror de que ela se fora (como eu sentia falta de seu corpo, de sua pele!) e que estava transando com outro homem de todas as formas como transara comigo. As pessoas se repetem, especialmente quando as coisas funcionam bem.

Às vezes, imaginando-os juntos, à noite, eu sentia que ia desmaiar de tanto sofrimento. E que esse sofrimento estava, na realidade, causando um prejuízo físico ao meu cérebro.

Em algumas tardes eu ia olhá-lo. Ele colocava seus compridos pés sobre a mesa, ficava conversando, bem relaxado, ao telefone (enquanto eu mais parecia um Conde Drácula), e eu sabia que estava falando com ela, que eles estavam, como acontece com os casais, trocando ideias sobre os pontos altos de seu dia, fazendo planos para a noite, brincando um pouco, talvez, com um pouco das coisas malvadas que haviam feito na noite anterior. Eu também ficava com medo de que estivessem falando de mim e sussurrando: "Sim, ele está logo aqui. Se quer saber, tem uma aparência péssima".

Eu não achava que meu sofrimento desse prazer a Molly — pois ela me conhecia bem, sabia que eu estava sofrendo. Mas senti que dava prazer *a ele* me ver tão magro de tanto ciúme e tanta insônia. Pensei nisso porque era o que eu pensava de outros homens quando lhes roubava as garotas (como se pudéssemos "roubar" uma mulher feliz!). Mas como eu havia sido mesquinho, convencido de que minha superioridade havia prevalecido! E agora estava pagando por isso. Todo curvado, com uma vara enfiada no traseiro, forçado a ajoelhar, fazendo papel ridículo diante de todos.

Ruminei pensamentos de morte. Desejei que *ele* morresse. Não, para ser sincero, desejei que *ela* morresse. Em um acidente de carro, com um tumor no cérebro, algo que me permitisse ir ao seu enterro com uma cara compungida (eu me via vestindo um jaquetão) e dar os pêsames a seus pais com uma voz sincera e límpida. Uma voz que pretenderia expressar alívio (ele não está mais transando com ela!) e sinceridade.

Muitas vezes, levantando durante a noite para trocar a camiseta encharcada de suor pela terceira vez, eu pensava: seria melhor estar morto a continuar a me sentir assim. Olhava para meu rosto abatido no espelho do banheiro, sob aquela luz forte, e imaginava pegar uma doença incurável. Não para puni-la. Mas como uma libertação para mim. Uma libertação honrada. Dá para desprezar alguém por ter cometido suicídio, mas não por morrer de alguma doença, eu pensava.

Naquele mês de fevereiro, eu acordava todos os dias cedo demais, assim que a luz do dia começava a surgir. "Como vou passar este dia inteiro? Este dia interminável, cheio de coisas sem sentido, sem compensação." Ficava andando nu pelo apartamento. Imaginava-a na cama com o músico, via a luz se infiltrando por entre as cortinas, via como acordavam devagarinho, via... por que continuar? Em algumas manhãs eu corria para a casa de Catherine (que era, havia seis anos, minha segunda ex-mulher), ficava batendo à sua porta às seis e meia da manhã e parava na escuridão de seu quarto repetindo "não posso mais aguentar um dia disto...".

— Venha para a cama — ela dizia. — Venha para a cama e durma.

— Não consigo dormir. Não posso suportar as coisas horríveis que vejo quando fecho os olhos.

— Então, deixe-me dormir. Eu preciso dormir.

Como uma ex-mulher conseguia ser tão bondosa, tão gentil? Que cara sortudo eu era!

Por três meses esperei que Molly voltasse. Eu ficava sentado na beira da cama, contemplando o parque que se estendia bem debaixo de minha janela. Crianças iam patinar de manhã. À tarde, adolescentes iam jogar *hockey*. À noite, quando as luzes se acendiam e lavavam o gelo com um brilho irreal, casais ficavam patinando e patinando, às vezes segurando uma criança pequena entre eles. À meia-noite, as luzes se apagavam, o gelo ficava escuro, e então, pouco a pouco, um foco ovalado se formava debaixo do luar.

Perdi uns dez quilos. Considerei converter-me ao cristianismo — faria qualquer coisa para tê-la de volta. Explodi em lágrimas nos restaurantes, voltei para casa com um travesti, por engano. Por que nunca, nem uma só vez, liguei para ela, para dizer simplesmente "por favor, volte para mim"? Sei que não adiantaria nada, mas me faria bem dizer isso, ter coragem de estender a mão, mesmo sabendo que receberia um tapa e voltaria vazia. Mas eu tinha medo de ouvir palavras finais. Quando uma mulher nos deixa — aprendi isso —, ela já fez tudo que tinha a fazer antes de chegar à porta da rua. O som que ouvimos, então, é o de uma pedra sepulcral se fechando. E nós estamos do lado errado dela.

À medida que o inverno se transformava em primavera, manchas escuras foram aparecendo aqui e ali no gelo, debaixo de minha janela, e ninguém mais aparecia para patinar.

Uma noite, quando eu estava procurando uma fronha limpa no armário da roupa branca, encontrei um antigo cartão de aniversário de Molly que quase queimou meus dedos. Um cartão amarelado com a foto de uma pessoa feliz. Encontrar uma carta de amor de uma mulher que nos amou e hoje não mais nos ama é uma agonia horrível. Li: "Como eu adoro você... Como tenho sorte de ter conhecido você...". Era intolerável ler aquelas palavras, pelo brilho que tinham. E lembrar que ela não mais sentia a mesma coisa, que eu não a via fazia meses, que agora ela estava na cama de outro homem, ou tomando o café da manhã com ele, ou que estavam ambos ouvindo rádio enquanto se vestiam para ir trabalhar... Ela, que me amara tanto, partira para sempre.

Em outro domingo, tendo exaurido minhas pílulas para dormir, tranquilizantes e analgésicos para dores de dente inventadas, despertei novamente em uma hora bárbara, com a luz amarela do sol me esfaqueando através das cortinas. Joguei longe as cobertas, remexi toda a gaveta de roupas fora de uso e descobri um par de calças de ginástica (uma breve lembrança de um regime de recuperação de forma de Molly), vesti-as, e sem nem mesmo escovar os dentes, fugi do apartamento como se um terremoto estivesse ocorrendo. Fui dar uma corrida no Queen's Park, perto dos edifícios do Parlamento. Dei voltas e voltas, enquanto o sol ficava mais forte no parque, que, a não ser pelos loucos, pelos sem-teto e pelos que sofriam por amor, estava deserto. E então, ouvi, juro por Deus que ouvi o barulho de grandes passos atrás de mim, cada vez mais perto. Olhei por cima do ombro — era ele! O músico, dando uma corrida matinal — devo dizer — com uma energia mais jovem, mais feroz, mais feliz que a minha. Ele me passou pela esquerda sem me olhar nos olhos e continuou com força total. Sentindo pena de mim, talvez. Exibindo-se. Radiante, após outra noite de devastadora sexualidade com minha Molly. Quem sabe? Mas ficar ali observando-o me ultrapassar... meu Deus! Usando uma metáfora, ele parecia mais um deus me chutando na virilha justamente no momento em que eu tropeçava em meus próprios pés.

Não havia escapatória. Eu o vi durante todo o dia: seus cotovelos ossudos, suas mangas arregaçadas, casualmente, elegantemente, e seus longos dedos de músico. Uh! Quando deixei o estúdio da tevê, precipitei-me por aquela meia-luz da primavera, pelo ar fresco, pelas ruas cheias de casais, na direção de um bar na Queen Street. Eu tinha uma hora, ou pouco mais, de folga. "Eles estão jantando agora", pensei. Estão jantando com amigos — com risadas frívolas. *Ha-ha-ha, ha-ha-ha.* Piadas tolas, que ela não teria contado em minha presença, e nem rido delas. (Isso poderia ter sido parte do problema.) *Ha-ha-ha, ha-ha-ha.*

Idiotas.

Mas então, perto da meia-noite, tive a sensação de que um cinto de couro ia se apertando em torno de meu peito, impedindo-me quase de respirar. Agora eles estão indo para casa. Estão subindo as escadas até o apartamento. Estão abrindo a porta. Ele vai ao banheiro, ela vai para o quarto, ela permanece ali alguns segundos, pensando em alguma coisa (O que está pensando? Será que pensa em mim?), depois desabotoa a blusa, pensativa (está pensando no trabalho de amanhã, não em mim), joga a blusa em uma cadeira. Distraída, desabotoa o sutiã, a calça *jeans* desaba no chão, ela a pega, dobra-a, e se enfia na cama, enquanto a porta do banheiro se abre e ele entra no quarto...

Seria isso — pensei — que estava no fundo daquelas noites insones na ilha de Sanibel, a antecipação de um sofrimento desconhecido que me estava destinado? O crocodilo sob a ponte olhando para mim sem expressar nada enquanto eu passava sobre ele para ir dar minha nadada matinal?

Perto das duas horas da madrugada, sentado na beira da cama, olhando fixamente para o parque lá embaixo, olhei para o relógio luminoso que ficava na mesinha de cabeceira. “Eles estão dormindo”, pensei. E durante uns poucos minutos pude ser feliz. Quase como se a houvesse esquecido.

Mas, a vida continuava.

E então, um dia, acordei pensando em outra coisa. E isso, como todos nós sabemos, é o começo do fim. Acordamos pensando em uma carta que devemos postar, uma conta que devemos pagar, uma unha do pé que devemos cortar, e esse é o começo do fim para nossa amada. O tempo flui novamente. E depois de um pouco de tempo há outras pessoas na cama conosco, outras vozes ao telefone. E quando vemos pessoas no parque, debaixo de nossa janela, elas não estão nos acusando de nada — são apenas pessoas passeando pelo parque. A vida continua.

Onze ou doze anos se passaram, e em uma noite de primavera, minha mulher, Rachel, eu e nossa filhinha estávamos voltando para casa de algum lugar e passamos pelo parque, aquele que ficava bem debaixo da janela de meu antigo apartamento. Era o Dia da Vitória e o gramado estava cheio de pais com seus filhos. Cães corriam uns atrás dos outros na escuridão. Paramos o carro e saímos. Havia fogos de artifício, e as pessoas gritavam e aplaudiam. Nossa filha, com o dedinho na boca de bebê, fixou seus grandes olhos azuis no espetáculo. Uma vela brilhou no céu, assobiou, e desencadeou uma cascata de bolas azuis, verdes e alaranjadas — quando atingiram a altura máxima, iniciaram uma lenta descida em direção à terra. À sua luz, eu vi Molly. Estava na ponta do parque, bem debaixo daquela minha antiga janela, e de cada lado dela, emparelhado com a altura de seu ombro, havia um rapaz — eram seus filhos gêmeos. Um deles virou a cabeça e murmurou alguma coisa no ouvido da mãe, e ela sorriu, colocou os braços em torno dele e o abraçou. E eu tentei me lembrar daquele inverno e daquela horrível primavera em que eu ficara sentado na beira da cama, olhando bem para o lugar onde agora ela estava com os filhos. E em vez de nada sentir, como esperava, senti uma extraordinária tristeza, um pesar realmente profundo, não pelo desejo de tê-la de volta, mas por tê-la amado tanto. E por ser tão triste pensar que, mesmo tendo partilhado uma cama durante seis anos, nós nunca mais havíamos falado um com o outro.

E então, outro jato vermelho explodia sobre sua cabeça e ela começou a caminhar pelo gramado com os filhos. Passaram diante de nós. Alguns metros mais adiante estavam minha mulher e minha filha olhando para o céu e aplaudindo. Molly passou, foi caminhando até o outro lado do parque — eu a vi, então, estender uma das mãos por trás das costas. Sua mãozinha permaneceu ali por um momento e depois, juro, ela movimentou os dedos. Parecia ser um vago cumprimento — se é que era mesmo. Talvez estivesse apenas coçando as costas. Mas não acho que fosse isso. Acho que era um pequeno gesto que dizia... não sei o que dizia, talvez alô, talvez adeus, ou, simplesmente, sim, sim.

Ela se fora. E naquela noite, pela primeira vez em anos, tive um sonho feliz com ela. Não lembro como era, mas ao acordar parecia que havíamos acabado de falar um com o outro, e que havia sido bom.

10

O grande círculo

Hollywood, 2008. Estamos andando pelo Sunset Boulevard, meu filho Nick, de vinte e dois anos, e eu. É noitinha, e o céu parece uma casca de ovo, todo azul. O trânsito está aumentando. É noite de sexta-feira.

Estamos nesta cidade, nós dois, em uma turnê de livros. O livro em questão conta como Nick teve minha permissão para largar a escola, aos dezesseis anos, para passar os três anos seguintes assistindo a filmes na sala comigo. É um livro estranhamente popular, mais popular realmente que qualquer outra coisa publicada por mim em vinte e cinco anos, provavelmente porque não é sobre mim, mas sobre como adoro meu filho. Ninguém resiste a uma boa história de amor.

Estivemos viajando durante três meses, indo e voltando de Nova Iorque algumas vezes, e de Chicago, Miami, Houston, Santa Monica, San José e agora, Hollywood. Esta é nossa última parada antes de voltarmos para casa, para nossa vida separada. De minha parte, vou sentir quando esta viagem acabar, não por necessitar ser entrevistado mais vezes, mas porque vou sentir falta de sua companhia. Viajamos bem juntos. Vai demorar bastante para eu passar novamente pela segurança do aeroporto sem pensar nele, só de meias, enquanto o agente vai passando um detector de metal para cima e para baixo em seu corpo alto. É interessante o que nossa memória retém.

Estou contando a Nick sobre aquele horrível verão, há quase quarenta anos, quando eu ficara vagando por Hollywood depois de Raissa Shestatsky ter me deixado. Naquela época, eu acreditava que esquecíamos uma mulher deixando uma cidade, e começara a viajar pedindo carona até provar, após percorrer quase cinco mil quilômetros, que o contrário é que era verdadeiro. O que posso dizer? Bem, eu tinha vinte e dois anos.

Nick gosta dessas histórias, não por ser sádico, mas porque ele se sente menos só ao saber que outra pessoa também sofreu por amor e sobreviveu. Ele é um mulherengo, e como todos eles, já sofreu alguns golpes duros e surpreendentes em seu percurso. "Nada é de graça", digo a ele, "especialmente sexo".

Quando ele era mais jovem, costumava revirar os olhos quando eu dizia essas coisas. Eu dizia: "Eu lhe conto isso, Nick, porque quero poupá-lo de algumas coisas terríveis que me aconteceram". Então, ele fazia uma cara de quem estava ouvindo — era um garoto legal —, mas não acreditava em nada. Hoje, ele me ouve mais, sente-se menos seguro. O que é uma boa coisa quando se trata de sofrimento.

Digo a ele:

— Cada vez que você dorme com uma mulher, uma corda invisível une seu navio e o dela. E você nunca a percebe até que a tente romper.

Aponto para um pequeno parque gramado à nossa direita. Durante o verão de 1969, fugindo do fantasma de Raissa, dormi ali quase todas as noites durante três meses. Só fui importunado pela polícia uma vez, na noite em que os satânicos coleguinhas de Charles Manson saíram de um rancho no deserto para assassinar Sharon Tate, seu bebê não nato e três amigos. "Aconteceu não muito longe daqui", digo a Nick, "bem ali naquelas colinas iluminadas". Ele acha incrível que seu pai estivesse vivo na época do histórico evento.

— Eu tinha sua idade — digo, e posso vê-lo refletir sobre isso. Está se perguntando como pode ser isso — que seu pai tenha tido a idade dele um dia.

Ele quer ouvir mais sobre Raissa: se era bonita, sim, se voltou depois para mim, não, se teve uma vida feliz.

— Ela se tornou professora de escola primária — digo.

Posso sentir seus olhos escuros examinando qualquer condescendência em meu rosto.

— Dá para ser feliz e ser um professor de escola primária — diz ele.

Nesse momento, não é o filho de seu pai. Tem uma disposição mais branda que a minha. Gosta que as coisas funcionem bem, que as histórias tenham um final feliz. Talvez tenha herdado de sua mãe essa característica. Do pai ele herdou... outras coisas.

Sentamos no único banco que há no parque, enquanto os carros correm pela Sunset Strip. Uma noite quente, cintilante. O céu agora está róseo.

Dando uma olhada no pequeno parque, Nick diz:

— Aposto que você nunca pensou nisso quando dormia aqui, há quarenta anos: fazer uma viagem com seu filho, divulgando um livro.

Respondi:

— Eu acreditava que o destino me daria tudo, menos a única coisa que eu queria, ser um escritor.

— Às vezes eu me sinto assim, mas não sobre escrever.

Uma bela garota passa pela orla do parque. Ele fica olhando ela passar, até cruzar a Sunset e virar em uma rua ensombrada por árvores.

— Você achava que algum dia esqueceria Raissa? — perguntou Nick.

— Eu pensei nela todas as manhãs, durante dois anos.

— Toda manhã?

— É assim que se consegue esquecer alguém. Quando descobrimos que estamos pensando em qualquer outra coisa, bem cedo de manhã.

Ele reflete um pouco, depois diz:

— Dois anos é muito tempo.

Sua voz parece dizer "isso nunca vai acontecer comigo".

— Não, em relação à duração de uma vida, não é. É apenas um capítulo. Bem, talvez um pouco mais que isso. Mas realmente não esquecemos uma mulher até encontrarmos alguém a quem desejamos tanto quanto a ela. E então, parece que não importa se isso demorou tanto para acontecer.

— Por que o alívio é grande?

— Então, parece que não importa mais. E até é difícil lembrar porque parecia importar tanto.

Posso sentir que ele está ficando deprimido. Acho que está pensando naquela garota novamente.

Chamo sua atenção para as colinas de Hollywood, que se elevam entre luzes e escuridão.

— Está vendo aquelas colinas lá? — pergunto. E continuo: — Uma noite, um garoto sem camisa e com orelhinhas de abano veio até este parque. Eu estava sentado bem ali, na grama. Acho que ele era de Oklahoma. Tinha um frasquinho de LSD, e usando um conta-gotas, tal qual um oftalmologista, deu a todo mundo que estava no parque uma gotinha de ácido, bem no meio do olho. Dizia que daquele jeito a droga agia mais rapidamente. Todo mundo aceitou. Eu também, mas não no começo. Esperei para ver o que ia acontecer. Era um LSD muito puro e forte, e acabei andando sem sapatos pelo Sunset Boulevard, sozinho — nunca se deve tomar ácido sozinho. E tive uma "visão". Por mais piegas que pareça, vi o rosto de Raissa naquelas colinas, uma Raissa parecida com Madonna, grande, chorando. Pensei que eu ia cair bem ali, na calçada, e morrer, de tanta agonia que senti.

— Pela *solidão* daquilo. Você, e ela, e agora *isso*.

Ele estava vendo a si mesmo na história.

— Exatamente.

Ele olha para meu rosto enquanto o resto do filme parece se desenrolar em sua imaginação.

— Mas, um dia, você a esqueceu?

— Sim.

— E teve uma boa vida?

— Estamos aqui, não estamos?

Nenhum de nós diz nada por uns momentos. O trânsito continua, como se fosse um sonho. Meus pensamentos voam para outros lugares: uma ilha no Mediterrâneo, uma pensão de tijolinhos, uma suíte de hospedaria, um apartamento de janelas altas, uma dança em um hotel de inverno, um pedaço de gramado em Los Angeles, lugares onde eu fora batido em toda linha. Lugares onde, se eu pudesse ter conhecido a estrada até esta noite, este banco, este parque em Hollywood... então... então o quê? Uma pergunta irrelevante, talvez.

Mas o que é esta sensação que estou sentindo? É o pensamento de que esta revisitação a meu passado tem algo da ação de um salmão nadando contra a correnteza para procriar. Durante todo o tempo que estive pensando, eu escrevia um livro sobre um cara que volta para os lugares e as pessoas, e para a música, para onde ele sofreu, e consegue ver tudo sob uma nova perspectiva. Mas, sentado aqui no Sunset Boulevard com meu filho crescido, ocorre-me que não é isso, absolutamente, o que estou fazendo. Que o que estou realmente fazendo é me preparando para morrer. Colocando em ordem meus assuntos psíquicos e emocionais. Montaigne diz que o objetivo de toda filosofia é aprender a morrer bem. E isso, percebo agora, é o que estou fazendo. Não é um pensamento mórbido. Não estou falando da próxima semana ou do próximo ano. Estou simplesmente dizendo que posso sentir que o vento mudou e que meu bote está gradualmente virando na direção do porto.

Não acredito em vida após a morte. Bem, acredito e não acredito. Há uma vida após a morte, mas não no sentido religioso — é só que não se morre de todo, imediatamente. É mais como uma lâmpada que vai esfriando depois que se desliga a força — as coisas se dissolvem devagar, até se confundir com as que estão próximas delas —, nenhum Deus, nenhum outro plano da existência, apenas uma pequena demora para se rolar no esquecimento. Então, é isso aí.

Nick acendeu um cigarro, mas, sabendo que odeio vê-lo fumar, segura-o discretamente de lado, fora de minha visão. Ele também está perdido em pensamento. Gostaria de saber o que ele pensa. Imaginamos que conhecemos nossos filhos, mas eles constituem um continente vasto e escuro, no qual o brilho das luzes da cidade aqui e ali nos indica que estamos sobre a terra, mas pouco mais que isso. Será que está pensando em uma garota loira com um *piercing* prateado no nariz? (Dizem que ela estuda agora.) Ou em alguma beleza vietnamita que costumava acordá-lo de manhã? Nas noites quentes do verão, costumamos nos lembrar de garotas assim. Ele dá uma tragada em seu cigarro, como se intuísse meus pensamentos.

— Como foi que você viveu? — pergunta. — Quando estava aqui, no parque?

Uma pergunta dúbia. Ele parece ter ido para algum lugar particular e não querer falar disso.

— Fazendo isso — digo apontando para um menino magrinho que está andando entre os carros, no meio da Sunset Strip, com uma pilha de jornais debaixo do braço.

— Dá para ganhar dez centavos por jornal, mais gorjetas — acrescento.

— Aposto que você era bom nisso.

— Nada mau, mesmo.

Permanecemos silenciosos novamente. Descubro-me pensando em Clarissa Bentley, a garota da roda-gigante. Pensar nela me faz sorrir. Uma moça mimada, aquela minha Clarissa. Nunca soube se ela apareceu naquele teste para teatro de ópera, nunca tive interesse em saber. Mas executivos golpistas estão fora de moda hoje. Então, quem sabe, talvez ela tenha conseguido o que queria. Todos nós conseguimos, mais cedo ou mais tarde.

E Bill Cardelle, aquele bonitão pelo qual ela me deixou? Há não muito tempo fui convidado para uma festa de Natal na casa de uma mulher com quem eu trabalhara na televisão. Imaginem só quem apareceu — e com uma mulher gorda? Bill Cardelle. E à medida que a noite avançava, com os garçons servindo martínis, champanhe e canapés, um dos filhos adolescentes da dona da casa colocou uma música, bem alto, é claro, mas antes de desligarem pude ver o velho Bill começar a se mexer, primeiro só o queixo, depois os ombros, até se soltar em uma dança que durou só uns segundos, com a mão no ombro da mulher, e sua barriga para fora do cinto, e um par de sapatos de crocodilo se movendo como penas debaixo dele. Danado, ainda se mexia bem. Ainda conseguia.

Estou pensando agora em Dean, meu irmão mais velho. Não é uma história feliz, a sua. Entrou para uma seita religiosa e vive em uma pensão, em um tipo de anexo. Há muitos anos não falo com ele, mas às vezes o vejo, de cabelos brancos, andando pela rua com uma espécie de desembaraço agressivo. Sempre sozinho, com nenhuma mulher e nenhum amigo com quem partilhar um eventual jantar. Agora sou seu único parente, e às vezes, quando o vejo, sinto meu coração se contrair angustiado. E desejo me aproximar dele, colocar meus braços em torno dele, para lembrar-lhe daqueles anos em que dividíamos o segundo andar daquela casa branca no campo, eu na ponta do vestíbulo, no quarto que tinha um papel de caubóis na parede, ele no quarto do meio, com seu radinho marrom do qual saíam os ecos de um fantasmagórico jogo de beisebol. Mas já fiz isso antes, e sempre a coisa terminou mal. Portanto, não faço mais.

Meus pensamentos vão para M., minha primeira ex-mulher. E sinto que estou para sacudir a cabeça, em parte por admiração, em parte por exasperação. Ela ainda fica azeda após seu terceiro copo de Chardonnay. Há cada vez mais coisas que a irritam: republicanos, polícia, antitabagistas, católicos, nosso atual primeiro-ministro, taxistas tagarelas, advogados de corporações, e quem quer que descubra defeitos em nossa filha. Falar com ela depois daquele terceiro copo é como tentar aterrissar um avião de caça inteiramente armado no deque de um porta-aviões. Mas, apesar de suas excentricidades, ela é muito popular. As mulheres ricas dão a ela seus preciosos vestidos usados; os advogados não cobram por seus serviços (ou, pelo menos, não esperam ser pagos). Ela continua a ser convidada para todos os lugares. Pode ser vista em festas de gala a cada noite do festival de filmes de nossa cidade (onde, lá pelo final da noite, todo mundo a perturba). Não sei como ela consegue isso, mas parece ter a capacidade de ser eternamente perdoada. Ao contrário de seu ex-marido.

E, olhem só, ali está Catherine, a bem-amada mãe do rapaz que está perto de mim. Está atuando em uma peça agora, lembro, embora tenha esquecido o título. Acho que é de Ibsen, que particularmente aprecio. Catherine parece ficar cada vez mais bonita envelhecendo. Na verdade, um dia destes eu estava jantando em um restaurante e vi uma mulher majestosa, elegante, levantar de uma mesa, do outro lado do salão. E pensei comigo: "Meu Deus, quem é aquela bela mulher?". Parece a rainha de um país europeu. E era Catherine. Ela estivera lá o tempo todo.

Justin Strawbridge, meu companheiro de infância, surge da névoa de Los Angeles e fica parado, parece, bem diante de mim. Fiquei muitos anos sem vê-lo depois que saiu da cadeia, cumprindo pena por ter assassinado a tiros Duane Hickok. Mas um dia, não faz muito tempo, eu o vi. Estava saindo de uma copiadora, em Toronto. Segurava uma grande pilha de manuscritos. Imaginei que fossem de poesia, resmas e resmas de poesia. Agora está grisalho, com o cabelo preso atrás em um longo rabo de cavalo. Acho que se vê como um marginal, e já que realmente matou alguém, suponho que seja mesmo.

A coisa estranha é que vi uma mensagem dele na internet, há uns dez meses. A primeira comunicação em vinte anos. Era uma nota triste, meio confusa, cheia de nostalgia, e uma descrição de sua vida que somente poderia ter sido escrita por alguém que fez tão pouco e suspeita disso. Queria saber se poderíamos nos encontrar para tocar música como nos velhos tempos, ou talvez mesmo dar um pulo na Jamaica, para uma sacudida. Escreveu mais algumas vezes, mas nunca respondi. Uma espécie de grande amor por ele morreu em mim naquele dia no campo dos dentes-de-leão.

E, depois dele, sabe-se lá por que, vem Pete Best, o homem que foi chutado do bando dos Beatles. Ele está ótimo. (Como assinante de seu *site*, estou informado sobre essas coisas.) Li há pouco tempo que sua banda estava fazendo uma turnê pelo Brasil, e recentemente vi seu belo e saudável rosto em um programa da CNN. Está casado com a mesma mulher há quarenta anos. São resistentes, esses caras de Liverpool.

E agora, voltamos ao começo, a Raissa Shestatsky, cuja memória, parece, começa a nadar vagarosamente rio acima. Eu a vi mais uma vez. Bem, não foi exatamente ela. Eu estava indo para a biblioteca da Victoria University, em Toronto, onde atualmente leciono (um arranjo de sorte), quando vi uma jovem bonita sentada em um banco com uma amiga — casaco escuro, cabelo escuro, olhos escuros. Era um dia de outono, com folhas mortas pelo chão, esquilos correndo aqui e ali, e ao me aproximar dela senti-me quase embaraçado por sua beleza extraordinária. Subi a escada do edifício e passei pela porta de vidro da biblioteca empurrado por um grupo de estudantes, mas, mesmo assim, consegui me virar para dar uma última olhada. Não foi um olhar de saudade ou desejo, ou mesmo curiosidade, mas algo diferente — era como se eu estivesse prestes a me lembrar de alguma coisa. Mas, o que seria? A jovem me lembrava Raissa. Raissa, minha bela há muito perdida. Raissa, meu amor.

— Que privilégio é estar vivo! — digo a Nick. Ainda estamos no parque.

— O que faz você dizer isso?

— Cada vez um número maior de coisas, atualmente.

Está na hora de voltarmos ao hotel. Temos um dia cheio amanhã, um café da manhã televisivo, ao vivo, depois almoço com alguém, depois encontro com a imprensa. Estou exausto. Além disso, amanhã é meu aniversário. Quero estar em boa forma. Nick quer ficar um pouco mais no saguão do hotel, ou tomar um drinque no bar. Para ver quando a garota da recepção termina o trabalho, talvez? Eu quero ir para a cama. Em minha idade, as camas se tornaram principalmente objetos onde se dorme. Dou boa-noite a ele, boa-noite ao Sunset Strip. Boa-noite ao pequeno parque onde sofri, outrora, mas ao qual voltei hoje, feliz. Pensando em tudo isso, e em como a vida é longa, quantas coisas acontecem, coloco rapidamente a cabeça no travesseiro, e após somente alguns minutos, depois de ouvir o som de uma buzina de carro e uma voz ressoando no saguão, adormeço.

Impressão e acabamento:

tel.: 25226368